POR ORGULLO Y DIGNIDAD

RODOLFO J. WALSS

ola
PUBLISHING
INTERNACIONAL

ISBN: 978-1-61244-960-9
Número de Control de la Biblioteca
del Congreso: 2021900752

Emerson 148, #602 Polanco,
Ciudad de México, México 11560
México: 55-5250-8519
www.holapublishing.com

Impreso y encuadernado en los Estados Unidos de América

Índice

CAPÍTULO

I

—Cheno, ¿tienes miedo? —José María preguntó.

—Un poco —respondió Cheno, al tiempo que secaba el sudor de su frente—. ¿Qué tal tú, Chema?

—Tengo miedo, mucho miedo —contestó José María (Chema para sus amigos)—. En cuanto a ti, nunca te había visto asustado.

—Reconozco que más de una vez he sentido miedo, pero siempre me he esforzado por no mostrarlo. Mi mayor temor es que el contrario lo note —Cheno respondió sonriendo a su hermano—. Por cierto, estoy orgulloso de que hayas decidido sumarte a esta lucha. No te preocupes por Sabas, probablemente sea bueno que él haya decidido quedarse en casa. Si mañana morimos, mamá no quedará sola —Cheno cacheteó su mejilla haciendo que brotara la sangre del mosquito que le picaba.

—Sabes que no soy el único que se ofreció como voluntario. Casi todos los vaqueros, desde Matamoros hasta Camargo, se han unido —Chema dijo mirando a su alrededor y sonriendo a su hermano—. Desde niños te hemos seguido. Junto a ti perseguimos y domamos mustengos. Peleamos contra los apaches y los comanches. Sabas es el mayor de nosotros, pero siempre ha preferido quedarse en casa y manejar el rancho. Está bien, como tú mismo lo dices, alguien tiene que hacerlo.

—Sabas es un buen hombre. Trata de dormir, hermanito. Yo vigilo.

Cheno se levantó, arrojó otro trozo de mezquite a la fogata y miró hacia la oscuridad de la noche. Cientos de fogatas iluminaban el horizonte, extendiéndose desde El Chaparral hasta la bahía. Las fogatas cercanas eran de los mexicanos, pero a la distancia se divisaban los puntos rojos y amarillos de las fogatas encendidas por las tropas estadounidenses.

La brisa marina hacía tolerable, casi placentero, el calor primaveral; pero no era suficiente para disimular el penetrante olor a estiércol y otras excretas.

Mirando hacia las fogatas de los invasores, Cheno respiró profundo. "Esta tierra es mi tierra. Mi hogar está aquí", pensó. "Si lo quieren, tendrán que alimentar este suelo con su sangre". Conociendo el terreno, sabía que, viniendo de la costa, sólo había una ruta a través de la cual los invasores podían llegar al punto de cruce del río en Matamoros. El ejército mexicano los esperaba. Absorto en sus pensamientos, caminó hacia los caballos. Estaba seguro de que el general Arista habría preparado un buen plan. "Estamos listos. Yo estoy listo", murmuró.

Al amanecer, destellantes tonos rojos, amarillos, anaranjados y violáceos —propios del crepúsculo primaveral— pintaron el cielo. Con el agudo sonido del clarín, empezó el trajín. Cheno se puso al frente de los sesenta voluntarios que formaban el batallón de caballería. Muchos de ellos eran familiares suyos. Se unieron al batallón Tampico, que junto con el batallón de lanceros estaba bajo el mando del general Anastasio Torrejón. La hierba, todavía húmeda por el rocío de la mañana, reflejó la luz solar sobre el rostro de Cheno. José María se le acercó con mirada de admiración:

—Cheno, si para cuando termine el día, el suelo se tiñe del mismo color que tu barba, espero que sea por la sangre del enemigo.

Cheno miró hacia el campo de batalla. El pasto multicolor, verde, amarillo, anaranjado, ocre, alto, parecía danzar al ritmo de la brisa marina. Los cañones bloqueaban el camino; la infantería, lista para enfrentar al enemigo. A los costados, entre los mezquites y robles, estaba la caballería. Cheno y José María con ellos. Mirando a su hermano, Cheno le dijo:

—Chema, en el pasado hemos peleado contra los karankawa, apaches y comanches, pero ahora es diferente. Sé valiente, hermanito, pero, ante todo, ándate con cuidado y protégete.

José María se quitó el sombrero, pasó su mano entre el negror de su larga cabellera, alzó su mirada dejando ver el brillo de sus ojos claros y sonriendo, respondió:

—No te preocupes, hermano, estaré justo a tu lado todo el tiempo.

El repique del clarín los alertó. A la distancia, Cheno observó la línea de formación de las tropas yanquis. La infantería enemiga había tomado su posición, pero no los percibía listos para atacar, su formación parecía una formación defensiva. Entre preocupado y sorprendido, frunció el ceño cuando notó sus cañones. Eran mucho más pequeños que los que conocía y los movían con sorprendente facilidad. Montados sobre cajones y con ayuda de caballos daban la impresión de moverlos a placer.

Tomás Cabrera aproximó su caballo junto al de Cheno. "¿Qué te parece?", preguntó.

Cheno miró a su amigo, quien parecía más preocupado que asustado. Piel bronceada y manchada por el exceso de exposición al sol, sus ojos brillantes y alerta. Vaquero de complexión delgada. Desde que tuvo uso de razón, Cheno lo recordaba como parte de la familia. "Tienen mejor armamento que nosotros, pero eso no les servirá. La Virgen de Guadalupe nos dará el coraje necesario para proteger nuestra tierra", contestó Cheno, controlando a su caballo que, nervioso, parecía bailar.

Un estruendo anunció el inicio de la batalla. Ambas artillerías comenzaron las hostilidades lanzando lo mejor que tenían. Los músculos de Cheno se tensaron y parecía que el corazón se salía a cada latir. Desde el principio notó que los proyectiles lanzados por los cañones mexicanos quedaban cortos, mientras que los del enemigo explotaban donde la infantería estaba. A pesar de los fuertes impactos, la infantería mantuvo su posición. Cheno lo observó con orgullo mezclado con dolor y congoja. El sonido del clarín lo sacó de sus cavilaciones.

"Compañeros, nuestra hora ha llegado, tomen posiciones", se escuchó la voz del general Torrejón. "Atacaremos sus cañones". Al jalar las riendas, Cheno sintió cómo los músculos de su caballo y los propios se tensaban. Al recibir la orden de ataque, Cheno, al igual que los voluntarios y los integrantes del batallón Tampico, entraron en acción. Dando rienda suelta a su cabalgadura, sujetando su lanza con la diestra. Sólo con la fuerza de sus piernas controló al caballo. Su conocimiento del terreno le permitió guiar a su cabalgadura por mero instinto. Eran uno sólo, un centauro al ataque.

Los largos y afilados pastizales pinchaban las patas del caballo, pero eso no le impidió continuar galopando. Echando mano de toda su experiencia como jinete y de la fuerza de su caballo, sorteando un suelo disparejo por el paso de carretas, Cheno logró acercarse al enemigo. Casi sin pensarlo, dejó que su lanza penetrara el cuerpo de un invasor. Giró su caballo al tiempo que desenfundó el revólver para descargarlo sobre los soldados enemigos que se apresuraban a proteger el flanco. Seis tiros dieron cuenta de igual número de enemigos. Tomás Cabrera, José María y la mayoría de los voluntarios estaban a su lado, pero el resto de la caballería aún trataba de sortear las difíciles condiciones del terreno. El enemigo se las arregló para reposicionar dos cañones, los cuales dispararon —casi a quemarropa— contra el batallón Tampico.

Cheno se dio cuenta de que debían retirarse. El enemigo rodeó a Tomás y José María. El caballo de Tomás fue golpeado por una esquirla y no pudo continuar, ambos estaban en serios problemas. Guiando a su caballo, Cheno galopó en su auxilio. Tomás extendió su mano, Cheno la tomó, eso le permitió a Tomás montar de un salto sobre el trasero del caballo de Cheno.

—Vámonos de aquí, hermanito —Cheno le gritó a José María.

—Vámonos —Chema respondió.

Brincando líneas enemigas, lograron alejarse a galope entre zumbidos de disparos. Mirando hacia atrás, Cheno notó que un fuerte incendio había comenzado justo entre las líneas de los ejércitos contendientes. Ambos bandos se protegían alejándose del fuego. Una gruesa capa de humo cubrió la retaguardia.

—¿Están heridos? —preguntó Cheno a Tomás y José María en cuanto estuvieron de regreso a su posición original.

—Sólo algunos rasguños —replicó José María—. ¿Y a ti, Cheno?

—También algunos rasguños, replicó Cheno.

—Creo que me dieron en la espalda, dijo Tomás.

—Déjame ver, dijo Cheno, aproximándose a Tomás y levantando su camisa.

—Nada serio, viejo. Mamá tiene capataz para rato, Cheno dijo, sonriendo y golpeando amigablemente a Tomás en la espalda. Tomás y José María soltaron una carcajada.

Pero la risa duró poco, demasiado poco. Los tres clavaron su mirada en el campo de batalla. El humo se había disipado. La batalla continuaba y la artillería americana no daba tregua a la infantería mexicana. Torrejón ordenó un nuevo ataque. Esta vez sobre el flanco contrario. Sentimientos de impotencia los inundaron mientras observaban el escenario desalentador desplegado ante sus ojos. Con facilidad sorprendente, como respuesta a la embestida, los americanos maniobraron su artillería y forzaron a la caballería mexicana a retirarse de forma caótica. Ante el espectáculo, —desesperado e impotente, disgustado, con las quijadas apretadas— Cheno escupió. La infantería americana adoptó formación de ataque y avanzó contra el flanco izquierdo. La artillería mexicana logró repelerlos. Con la caída del sol, cesaron las hostilidades.

—Estoy orgulloso de ustedes, dijo el general Arista dirigiéndose a sus comandantes. Paseó la mirada entre los presentes. Miró a Cheno y caminó en dirección a él.

—¿Cómo te llamas, hijo?, le preguntó.

—Juan Nepomuceno Cortina Goseascochea, mi General, exclamó.

Mariano Arista era un cuarentón fuerte y delgado; su grueso bigote escondía, casi por completo, la sonrisa en su rostro. Extendiendo su mano hacia Cheno, le dijo: "Tú y los tuyos combatieron con valor. Tienes madera de líder. Más pronto de lo que imaginas, la patria necesitará hombres de coraje y fortaleza como tú". Arista desvió su mirada y, dirigiéndose al resto de los comandantes, ordenó: "Por lo pronto ayudemos a los heridos y enterremos a nuestros caídos. Esta noche reorganizaremos nuestra defensa. Nos moveremos a un lugar que no les permita mover su artillería con la facilidad con la que hoy lo hicieron. Los enfrentaremos en la Resaca de la Palma".

—Ignacio, Candelario, Dioanciano, Refugio y Marciano murieron, informó Tomás a Cheno en camino hacia la nueva posición.

—Juventino, Arcadio, Miguel y Anastasio tienen heridas de gravedad, no pueden seguir. Los demás estamos listos para pelear —Tomás frunció las cejas—. Nunca había visto que los cañones se movieran con la facilidad que lo hicieron. Nos dieron duro.

Al cruzar una resaca, escucharon un melodioso cascabeleo.

—¿Oíste eso?, preguntó Tomás preocupado.

—Es sólo el viento arrullando a las palmas, Cheno respondió sonriendo.

—No, es mucho más que eso. Es un sonido siniestro, predice que algo muy malo está por ocurrir.

—¿Qué puede ser peor que lo que ahora está ocurriendo?, Cheno preguntó mientras guiaba su caballo hacia las poco profundas aguas de la resaca. Varios patos, gansos y un par de garzas, asustados, emprendieron el vuelo.

—Mañana tendrán que venir hacia acá, pero ahora no podrán mover sus cañones con la misma facilidad. ¡Hey, ánimo mi viejo! —Cheno sonrió, giró su caballo para dirigirse al resto del batallón—. Descansen, muchachos. Mañana peleamos otra vez.

Al amanecer, el sol asomaba tímidamente, envolviendo el entorno con matices morados y anaranjados. El repique del clarín se escuchó mientras ponían las monturas sobre sus caballos. La artillería y la infantería se alinearon a las orillas de lo que alguna vez fue una extensión del río. Ébanos, mezquites y altos matorrales les brindaban un perfecto escondrijo. La caballería, Cheno y su batallón con ellos, tomaron posición en la retaguardia. Moscas y mosquitos cobraban cuota a caballos y hombres por igual, mientras que cientos de mariposas revoloteaban a su alrededor.

La infantería enemiga inició el ataque. Visto a la distancia, el terreno lodoso y la densa vegetación parecían contener la fuerza de su embestida. Pero, muy pronto, el enemigo encontró un sendero seco que atravesaba la resaca, lo que les permitió alcanzar y rodear, sin mucho esfuerzo, a las sorprendidas tropas mexicanas. En un santiamén, ambos bandos se encontraron peleando cuerpo a cuerpo. Lo azaroso del terreno terminó perjudicando a los defensores. Mientras tanto, al igual que el día anterior, el lado mexicano fue fuertemente castigado por la artillería invasora. Para empeorar la situación, un audaz avance de la caballería capturó los cañones mexicanos.

—Parece que la hora de entrar en acción ha llegado, dijo Cheno a sus hombres.

—En ese momento, el general Arista arribó al mando del batallón Tampico.

—Han abierto un boquete en nuestra formación, gritó.

—Debemos taparlo. Es ahora cuando necesitamos de su valentía.

Espoleando sus caballos, Cheno y sus hombres se lanzaron a la carga. Apenas un instante después, se encontraron rodeados por temerarios soldados enemigos, que parecían llegar por montones. Cheno, José María y Tomás se agruparon intentando contener el ataque. Peleando mancomunados, el enemigo sintió la fuerza de sus armas. En la mitad del combate, Cheno se percató de que el general Arista estaba rodeado, y aunque se defendía con fiereza, estaba a punto de ser capturado. Con un grito, Cheno llamó la atención de Tomás y de Chema. Apuntó hacia donde se encontraba Arista. Captando la intención de Cheno, lo siguieron, y entre los tres, con las espadas, se abrieron camino hacia el General. Simultáneamente, el batallón Tampico se movió en la misma dirección. Cuando llegaron, todos rodearon al General, protegiéndolo.

—No dejen que lo tomen prisionero. Llévenselo. Nosotros los cubrimos, le gritó a Cheno el comandante del batallón Tampico, Renato Valenzuela.

Arista, con sus ojos bien abiertos, mandíbula apretada, y el uniforme empapado de sangre y sudor, parecía decidido a morir peleando. A Cheno, ayudado por José María, lo jalaron de su caballo y lo pusieron en el de Tomás, quien de inmediato emprendió la huida hacia Matamoros.

—La batalla está perdida. ¡Larguémonos de aquí!, gritó Cheno a José María y al resto de sus hombres. Galopando en la retirada, Cheno volteó varias veces hacia el campo de batalla. Observó cómo el batallón Tampico, aunque rodeados, no cesaban de pelear. "No se rendirán", pensó Cheno con tristeza.

Al acercarse a Matamoros, Cheno, llorando, se preguntaba si habría alguna razón por la que no había muerto en la batalla.

Los grillos cantaban su típica serenata de las noches de verano. El aire dispersaba el aroma agridulce de la barbacoa recién sacada del pozo. Los tarros de barro suavizaban un poco el sabor ardiente del sotol. Cheno, José María, Sabas y Tomás sudaban por el calor y el picante de la salsa en los tacos de barbacoa.

—Arista se ha ido a Monterrey a organizar la resistencia, dijo Tomás.

—La guerra ha terminado para nosotros —dijo Sabas, tajante, sirviendo sotol en su tarro—. De ahora en adelante nos haremos cargo del rancho y trataremos de llevarla bien con ellos, agregó.

Molestos, Cheno y José María cruzaron miradas. Cheno vació su tarro de un trago. Sintió fuego deslizando por su garganta.

II

En el poblado de Matamoros, al sur del Río Bravo, justo frente a la plaza Hidalgo, se asentaba la casa de la familia Cortina, con su singular balcón de estilo francés. Desde allí, Estefana Cortina, en compañía de sus hijos, Sabas, Cheno y Chema; sus hijas, Refugio y Carmen; así como de Rafaela, la novia de Cheno, presenciaban la marcha de las tropas estadounidenses que avanzaban al redoble del tambor acompañado por flautas. Las calles lodosas, surcadas por el continuo paso de pesadas carretas hacían la marcha difícil.

Con prudente curiosidad, los asustados lugareños observaban el desfile desde las azoteas y las ventanas de sus casas; muy pocos se aventuraron a las calles. Observaban en silencio, parecía que el pueblo entero había enmudecido.

Al frente, portando con orgullo sus uniformes azules y perfectamente alineados, marchaban los soldados regulares. Pero, el grueso de la tropa lo formaban los irregulares, éstos marchaban en desorden, vestidos con sucias pieles y gorros de animales. Al marchar cantaban: *"Green grow the rushes, oh!"*

Al escucharlos, un asustado pequeñuelo gritó: "Mami, mami, tengo miedo de esos gringos". Sorprendidos, quienes lo escucharon no pudieron contener la risa.

Cheno también lo escuchó. "Ese niño tiene razón. Hay motivos para que todos sintamos temor", dijo antes de aspirar de su cigarro.

Al oírlo, Sabas se volvió a Cheno.

—Es cosa de aprender a llevarnos bien con ellos. Eso es todo, dijo sonriendo.

—Y justo eso es lo que haremos. ¿Cierto, Cheno?, dijo Rafaela mientras tomaba la mano de Cheno.

Cheno volteó a verla, esbozando una sonrisa. Presionó ligeramente su mano como señal de asentamiento, dijo: "Lo intentaremos".

Días después, al atardecer, Rafaela y Cheno paseaban a lo largo del Río Bravo. La suave brisa al pasar entre las hojas de las palmeras en forma de abanico producía suaves melodías, al mismo tiempo que jugueteaba con la larga cabellera de Rafaela. Sutiles luces rojizas y púrpuras, propias del atardecer, se entremezclaban con el verdor de los pastos. Las aguas del río murmuraban tranquilas; patos y pelicanos nadaban sosegados.

A pesar de todo ello, Cheno parecía preocupado. "¿En qué piensas?", le preguntó Rafaela, tomándolo de la mano.

—Desde la llegada de los gringos, el ambiente se siente muy tenso, respondió Cheno girando y tomando entre sus manos el rostro de Rafaela para mirar directamente en sus ojos negros con tonos de un azul oscuro.

—Muchos de mis amigos forman parte del movimiento de resistencia y me han pedido que me les una, agregó.

Con un gesto de disgusto, Rafaela se apartó de Cheno.

—Si lo haces, sería una tontería, dijo. Sus hermosos ojos brillaban.

—Lo mejor que puedes hacer, por el momento, es tratar de llevar la fiesta en paz —agregó. Al cabo de un instante sonrió—. Cheno, desde que te conozco siempre andas defendiendo a otros, a veces, aunque no te lo pidan. Aceptemos que hemos sido derrotados, eso es lo mejor. Además, recuerda que tienes tu familia y ellos no se meten contigo.

Tomando las manos de Cheno, las llevó hacia su pecho y mirándolo tiernamente le dijo: "Deseo con el alma que pronto nos casemos y tengamos muchos hijos. Prométeme que no vas a meterte en problemas innecesarios".

Cheno la miró tiernamente en sus ojos de color gris verdoso, se reflejaban los colores de las aguas del río. De pronto, algo en la otra orilla llamó su atención. "¿Qué diablos hacen esas mujeres?", preguntó.

Del otro lado del río, un grupo de jóvenes mexicanas alegres nadaban y jugaban en las aguas del río, mostrando sus largas y bien torneadas piernas cobrizas. Un grupo de soldados estadounidenses se acercaron atraídos por las risas femeninas. Coquetas, las chicas les hicieron señales invitándolos al agua. Libidinosas sonrisas surcaban por los rostros de los soldados, que presurosos se quitaron las botas, se metieron al agua y nadaron en dirección a las muchachas. En cuanto estuvieron suficientemente cerca, balazos provenientes del otro lado, les dieron la bienvenida.

—Es mejor que nos vayamos, dijo Cheno, abrazando a Rafaela para protegerla de las balas.

El domingo siguiente, frente a la plaza Hidalgo, las palomas parecían danzar en el aire al repique de las campanas de la catedral, llamando a misa. El sol brillaba esplendoroso. Gente de todas las clases sociales atendía al llamado, todos vestían sus mejores ropas. Entre los fieles se encontraba doña Estefana acompañada de toda su familia.

—Doña Estefana es un placer saludarla esta mañana, dijo Rafaela con respeto. Abrazó a Refugio y Carmen, y saludó de mano a Sabas y Chema. Cheno, galante, la besó en la mejilla. Juntos caminaron hacia la entrada de la catedral.

—Eres el charro más guapo del pueblo, Rafaela le susurró a Cheno, quien respondió abrazándola con ternura. La bien pulida botonería de plata en el chaleco de Cheno reflejó el fuego de las velas votivas, mientras buscaban dónde sentarse. Por respeto a la casa de Dios, nadie llevaba armas a la iglesia. Todo parecía dispuesto para dar comienzo a la misa.

Los fieles se pusieron de pie cuando el padre Nicolás caminó hacia el altar y, una vez ahí, se inclinó en una reverencia. El silencio se rompió cuando, de improviso, se escuchó el estridente retumbo de herraduras. Sorprendidos, los asistentes se voltearon hacia la puerta de entrada. Tres jinetes americanos cubiertos con gorras de piel de mapache vestidos con pieles mal curtidas, se abrían paso a fuerza de fuetazos, dirigiendo sus caballos hacia el interior del recinto. Llegaron al altar sin encontrar oposición. "¡Católicos bastardos!", vociferaron, escupiendo en el rostro al padre Nicolás. Pusieron sus caballos a galope y salieron gritando obscenidades. Furioso, Cheno dirigió su mano al cinto, sólo para encontrar que no cargaba su revólver.

Esa noche, en una choza a las afueras del poblado, Tomás Cabrera asistió a la reunión del grupo de resistencia. Pedro

Tijerina, uno de los líderes del grupo, encendió su cigarrillo usando la lámpara de queroseno.

—Tomás, después de lo que pasó hoy en la catedral, seguro Cheno decidirá apoyarnos. Si lo hace, el resto del pueblo se unirá al movimiento, dijo soltando el humo a través de su nariz.

—Por el momento, Cheno y su familia nos apoyan, pero sólo moralmente. Sabas, quien es el mayor, prefiere llevarla bien con los gringos. Lo justifica diciendo que está harto del interminable desorden y corrupción entre los políticos en el gobierno mexicano —contestó Tomás extendiendo su mano para alcanzar la jarra de barro con agua—. Sabas cree que va a hacer negocio y así, ganar dinero, llenó su búcaro con agua.

—En realidad, no es eso lo que piensan todos en la familia. Dale tiempo, ya verás que Cheno se nos une, agregó.

—Hace tiempo que aprendimos que Sabas y Cheno son diferentes, dijo Pedro, hablando con el cigarrillo entre los dientes.

Habiéndose acostumbrado a la penumbra, Tomás recorrió la choza con la mirada. Siete hombres se encontraban allí reunidos. Tres de ellos con ropa campirana de charro y botas. Los demás vestían camisa y pantalón de manta de algodón y calzaban huaraches. Aunque no conocía a algunos de ellos, se sintió entre amigos.

Tijerina se puso de pie para dirigirse al grupo y, exhalando humo por sus fosas nasales, dijo: "Bien, hablemos de lo que nos ha reunido". Tomás notó que Tijerina parecía preocupado.

—Los invasores nos menosprecian y nos consideran inferiores. Como todos ustedes saben, ayer un oficial balaceó a un pobre barrilero sólo porque el agua que le llevó no estaba limpia, añadió.

Pedro, disgustado, frunció el ceño y, dirigiendo la mirada a Donaciano Cantú, uno de los que vestían de charro, preguntó: "¿Crees que tu gente pueda hacer algo al respecto?"

Donaciano sonrió.

—Conozco al oficial del que hablas. Es cliente de los burdeles. Dalo por hecho, nos encargaremos de él, replicó.

—Bien, eso queda en tus manos. Hay otro asunto de importancia.

Tomás notó cómo las facciones del rostro de Pedro parecían temblar al abordar el tema.

—Como seguramente ya lo han notado, hay muchos católicos en su ejército. De buena fuente sabemos que un buen número de ellos están incomodos peleando contra católicos, mientras ellos están al mando de oficiales protestantes. Muchos desean cambiar de bando —Pedro dirigió ahora su mirada hacia los cuatro que vestían ropa de manta—. Ustedes estarán a cargo de facilitarles que se unan a los nuestros.

Los cuatro asintieron moviendo la cabeza, sin decir palabra.

—¿Se han fijado dónde están los gringos construyendo su nuevo fuerte?, preguntó Pantaleón sonriendo—. En las partes bajas. Se les va a inundar cuando venga la crecida, agregó riendo, divertido.

Tomás le miró, también con risas.

—Quizá no tengamos que esperar por la crecida. Podemos darles una ayudadita, dijo mientras tomaba un sorbo de agua para luego eructar.

—Bien. Creo que eso es todo por hoy. Ya saben lo que tienen que hacer. Nos reunimos de nuevo en una semana, dijo Pedro Tijerina y se puso de pie.

Todos se levantaron dispuestos a salir cuando, de pronto, se abrió la puerta, dando paso a alguien que no reconocieron porque la oscuridad le cubría el rostro. Como sincronizados, todos desenfundaron y apuntaron hacia el desconocido. Cuando la persona entró, la lámpara le iluminó, dando un suspiro de alivio, todos enfundaron. Inocencio Flores entró cargando un cuerpo inerte; la mandíbula apretada. Llorando, miró a todos:

—La semana entrante hubiera cumplido doce —dijo entre sollozos, colocando el cuerpo en el suelo terroso—. Como todos los días, atravesó el río para llevar a las chivas a pastar, continuó.

—Sentado cerca del campamento de las tropas, sin molestar a nadie. Aun así, le dispararon. No sé cuántas veces. Catarino dice que luego le pusieron un rifle en las manos y lo llevaron donde el coronel Davenport. Éste me buscó para devolverme el cuerpo. Aunque el coronel parecía molesto, nadie ha sido castigado por lo que le hicieron a mi hijo, agregó Inocencio.

A Tomás Cabrera le cambió el semblante. Sus húmedos ojos oscuros parecían irradiar lumbre. "Pagarán por esto", dijo.

Días después, al atardecer, Donaciano Cantú junto a una atractiva joven de nombre Candelaria observaba en el mercado a los compradores, entre quienes se encontraban varios oficiales del ejército invasor. Donaciano, con un gesto, señaló a uno de ellos y se dirigió a la mujer: "Candelaria, es él a quien buscamos. Deja que admire tu belleza".

Candelaria asintió y caminando con garbo se dirigió hacia el oficial. Varios silbidos de admiración se escucharon. El oficial la miró y sonriendo se dirigió hacia ella.

—Buenas tardes, señorita. Saludó el mayor Jack Stevenson, sonriendo y quitándose el sombrero con galantería.

—Buenas tardes, señor. Candelaria respondió devolviendo coquetamente la sonrisa. Siguió caminando, despacio, moviendo con tentadora cadencia sus firmes caderas.

Presuroso, Stevenson se le emparejó:

—Es peligroso caminar sola, señorita. Sobre todo para alguien tan hermosa como usted. ¿Puedo acompañarla?

—Gracias, muy amable, pero puedo cuidarme sola —respondió Candelaria con pícara sonrisa, alentándole—. Quizás en otra ocasión.

—¿Puedo verla esta noche?, preguntó el mayor, sonriendo. Ella, sin contestar, siguió caminando, después de unos pasos, se detuvo.

—Aquí es mi casa, muchas gracias por su compañía —dijo sonriéndole. Se sonrojó, bajando la mirada con timidez—. Vivo con mi hermano, pero él recién salió a Laredo, por su trabajo. Me da miedo estar sola —agregó para, luego, levantar la cabeza y mirarle con pretendida inocencia—. No sé si deba de platicarle todo esto. Quizá a usted no le interesa.

—No se preocupe, señorita. No voy a permitir que usted pase la noche desprotegida, Stevenson dijo.

Candelaria sonrió:

—Muchas gracias, es usted un caballero.

Una semana después, los hermanos Cortina, sentados en la mesa de la cocina, conversaban mientras compartían el pan y la sal.

—El coronel Davenport ha solicitado nuestra ayuda. Parece que hay un oficial extraviado, dijo Sabas para luego dar un sorbo al agua de horchata.

—¿Sabes de quién se trata?, preguntó Cheno masticando su bistec.

—El mayor Jack Stevenson —Sabas contestó—. ¿Lo conoces?

—He oído algo —replicó Cheno, haciendo un gesto de desdén—. Tiene fama de perseguir cuanta falda pasa cerca. No me digas que piensas ayudarles.

—Nos conviene hacerlo. Es mejor que la llevemos bien con ellos, replicó Sabas, cortando su filete.

Cheno encogió los hombros con disgusto.

—Aunque no me agrada, Chema, Tomás y yo iremos a buscarlo, dondequiera que se encuentre. Lo más seguro es que lo vamos a encontrar borracho.

Al terminar de comer, salieron los tres a buscar al oficial extraviado.

Después de varios días:

—Llevamos tres días buscando a ese fulano —dijo Cheno, quitándose el sombrero para secar el sudor de su frente—. A mí se me hace que tú sabes algo, agregó dirigiéndose a Tomás, notando que éste sonreía socarronamente.

—¿Y por qué habría yo de saber algo?, objetó Tomás, alcanzando su cantimplora y tomando un trago de agua. Cheno percibió sorna en su sonrisa.

—¡Hey, miren hacia allá!, intervino Chema.

—Parece que hay algo entre aquellos ébanos. Allá, cerca de la resaca, donde vuelan los buitres, añadió apuntando a la distancia.

Cheno volteó hacia donde Chema apuntaba: "Vayamos a ver lo que es", dijo.

Los tres emprendieron el galope y conforme se acercaban notaron que un cuerpo desnudo colgaba de los árboles. La fuerte brisa lo columpiaba.

—Ese es Stevenson —dijo Cheno al acercarse— Esto va a crear problemas.

Los tres desmontaron y caminaron hacia el cuerpo.

—¡Madre de Dios! —exclamó Chema al verlo de cerca—. ¡Lo han castrado!

—Bueno, ha recibido lo que merecía, dijo Tomás, encogiéndose de hombros y caminando hacia el cuerpo.

—¡Cómo apesta!, exclamó.

Con algo de dificultad y haciendo gestos de disgusto por el olor, bajaron el cuerpo y lo cubrieron con un sarape que tomaron del caballo de Tomás.

—Tenemos que llevarlo al cuartel. No les va a gustar, Cheno dijo, escupiendo.

—Tal vez les enseñe a respetarnos, musitó Tomás.

—Ayúdenme a subir el cuerpo a mi caballo, dijo Cheno.

El fuerte olor a podredumbre lo obligó a vomitar. Los buitres formaban círculos alrededor de ellos. Cheno miró hacia la resaca y sonrió al notar que los pavorreales extendían sus alas y emprendían el vuelo.

El incidente del mayor Stevenson agravó el maltrato contra los mexicanos, especialmente contra los pobres y los campesinos. Aunque la mayoría de los oficiales y soldados regulares del ejército mostraban respeto hacia los locales y sus costumbres —inclusive trataban de llevarse bien con el pueblo—, había otros, los llamados "voluntarios" que, sabiéndose vencedores, no respetaban a nada ni nadie de los locales. Arrogantes, amedrentaban a la gente, buscando o provocando pleito por cualquier motivo. Especialmente se ensañaban con los barrileros, los peones, cualquiera que fuese pobre. Cuando alguno trataba de defenderse, les daba motivo para desenfundar y disparar. A menudo, dejaban correr a sus víctimas para usarlas como práctica de tiro al blanco.

Del lado mexicano, la resistencia continuó, pero la mayoría de la población se esforzaba genuinamente para sobrellevar la situación y vivir en paz.

A pesar del desorden, los negocios florecían. Situado apenas a unos cuantos kilómetros de la costa y contando con un puerto, era la vía de acceso para proveer a la tropa. Como resultado favorable de la guerra, no se cobraban impuestos, lo que acrecentó los ingresos de los comerciantes. Entre los favorecidos se encontraban algunos comerciantes extranjeros que se habían establecido desde mucho antes, como el inglés William Neale; el estadounidense Charles Stillman y el español José San Román. También se beneficiaron de ello los irlandeses Richard King y Mifflin Kenedy, expertos en navegar en río. Ellos iniciaron su fortuna transportando a la tropa y víveres por el río.

La familia Cortina, los hermanos Iturria y otras familias prominentes en Matamoros también resultaron beneficiadas por el *boom* económico. Sabas, asociado con Adolphus Glavecke, un inmigrante alemán casado con una prima de

Cheno y Sabas, se enriqueció vendiendo caballos al ejército invasor. El inglés Neale aprovechó la oportunidad para iniciar el transporte de mercancía desde Brazos de Santiago en la costa, hasta Matamoros.

Meses después, los hermanos Cortina charlaban en el rancho de la familia, ubicado al norte del Río Bravo. Era una noche invernal.

—No sé cómo lo veas tú, Sabas —dijo Cheno, caminando de un lado a otro—. Pero a mí me molesta, me incomoda ver cómo tratan a muchos de nuestros amigos. Hasta ahora, como tú nos lo has pedido, hemos sido pacientes. Aunque tú le has reprochado a Davenport el comportamiento de sus voluntarios, él no ha hecho nada para cambiar su conducta —molesto, pateó una silla—. Yo digo que ha llegado la hora de sumarnos a la resistencia.

—Debemos tener paciencia —respondió Sabas—. Luego de las victorias del general Taylor en Monterrey y Saltillo, derrotó a Santa Anna en Cerro Gordo. No hay duda de quién resultará victorioso. El fin de la guerra está cerca —Sabas respiró profundo antes de continuar—. Estas tierras son un pretexto para la guerra. Lo que a ellos en realidad les interesa es California; pero, ahora, cuando menos querrán que el Río Bravo sea la nueva frontera. No olvidemos que la mayoría de nuestras propiedades están al norte de río. Es mucho lo que está en juego; así que es mejor que nos calmemos y tratemos de sobrellevar las cosas.

—Fueron nuestros abuelos quienes colonizaron estas tierras —Chema intervino—. Ellos nunca abusaron de nadie; al contrario, trabajaron con la gente —se puso de pie y también comenzó a caminar de un lado para otro—. Tienes razón, Sabas, la tierra es importante, y sí, quizá sea mejor que nos aguantemos, dijo moviendo su dedo índice al hablar. Miró a sus hermanos, había fuego en su mirada.

—...Pero no olvidemos que tenemos un compromiso con la gente, nuestra gente. Para ellos, nosotros somos sus líderes. Yo estoy de acuerdo con Cheno, nuestro deber es sumarnos a la resistencia y pelear. No podemos quedarnos sin hacer nada mientras vemos como nos pisotean, agregó a su discurso.

—Créanme que los entiendo —Sabas arguyó—. Pero si nos involucramos lo único que vamos a lograr es que la situación caótica en la que ahora nos encontramos, empeore. Por el bien de todos, hay que resignarnos y trabajar con los gringos. Estoy seguro de que, para cuando la guerra terminé, las cosas van a cambiar para todos, eso incluye a los peones y otra gente pobre. Lo primero que debemos hacer es asegurarnos de ser parte del nuevo régimen. —sonrió, respirando profundo—. La buena nueva que tenemos es que, como ustedes bien lo saben, el fuerte gringo construido en la parte baja se inundó y ahora hay planes para construir uno nuevo en las tierras altas. El terreno que han escogido nos pertenece.

Miró a la distancia y con semblante serio prosiguió:

—Además, Charles Stillman planea construir un nuevo poblado alrededor del fuerte. Allí, no tendremos que pagar los exagerados impuestos del gobierno mexicano. Nos irá bien a todos. Stillman ya está negociando con el mayor Chapman, encargado de la construcción del fuerte, que, por cierto, se llamará Fuerte Brown, en honor a un oficial caído en las escaramuzas que dieron origen a esta guerra.

Cheno estaba a punto de decir algo cuando escucharon que alguien tocaba la puerta de una manera débil, pero insistente. Cheno abrió la puerta. Quien tocaba era Juana Morales, esposa de Tomás Morales, uno de sus amigos que vivía en el lado sur de Matamoros. Se veía devastada y traía el vestido desgarrado. Lloraba copiosamente. Los rasguños y moretones en su rostro y brazos hacían evidente que había sido ultrajada y golpeada.

—¡Juana!, exclamó Cheno, preocupado. Con cuidado, la tomó del brazo y la condujo al interior de la casa ofreciéndole una silla para sentarse. Le preguntó: "¿Qué te ha pasado?"

Juana lo miró, tratando de hablar, pero los sollozos le impedían decir alguna palabra; finalmente, haciendo un esfuerzo requirió: "es muy penoso para decírtelo a ti. Por favor, déjame hablar con tu madre".

—Voy por ella, dijo Chema, levantándose y caminando hacia el interior de la casa.

En cuanto doña Estefana apareció en el umbral de la habitación, Juana se arrojó a sus brazos, sollozando inconsolable.

—¿Dios mío, por qué? ¿Por qué nos ha pasado esto? Dios mío, casi gritaba, entre sollozos.

—Sssh, ssh, calma, querida, trata de tranquilizarte —dijo doña Estefana sobándole la espalda cariñosamente—. Cuéntame, ¿qué ha pasado? ¿Por qué lloras así? Cheno, por favor, acerca la silla.

Juana se sentó en la silla de palma que Cheno le aproximó; respiró profundo, tratando de calmarse. Miró a su alrededor.

—Al oscurecer, los gringos fueron a mi casa —comenzó su relato—. Oh, Dios mío, Dios, ¿por qué lo has permitido? ¿Por qué a mí, a mi familia? ¿Por qué a mis hijas?, lloraba y sollozaba con estridencia buscando de nuevo refugio en los brazos de Estefana. "¿Por qué, señor?, ¿por qué, señor?", repetía sin cesar.

Estefana la acogió cariñosamente en sus brazos, acariciándola en silencio. Alzando la mirada hacia sus hijos les indicó que se sentaran y guardaran silencio. Ellos obedecieron.

—Entraron sin avisar, tumbando la puerta a patadas y tirando todo lo que encontraban a su alrededor —Juana continuó un poco más calmada—. "¿Dónde está?", me preguntaron golpeándome el rostro. Cuando Teresa y Maruja trataron de protegerme, también las golpearon. Tomás que estaba afuera guardando sus chivas, entró corriendo al oír el ruido. Apenas cruzando la puerta, lo patearon mientras le preguntaban a gritos: ¿dónde están los otros? ¿Quiénes son tus cómplices?, con tristeza, Juana bajó su mirada.

—No sé de qué me habla, señor. No entiendo lo que pasa. ¿Qué es lo que quieren aquí?, Tomás trataba de contestar.

"No trates de engañarnos, hijo de puta", le gritaron. "Sabemos bien lo que haces. Tú eres uno de los que nos ha puesto emboscadas. Sabemos que espías para ellos. Sabemos que incitas a los malditos católicos para que deserten y se unan a ustedes. Lo sabemos todo", le repetían sin cesar de golpearlo y patearlo.

—Le juro que no es cierto. Nosotros todo lo que queremos es vivir en paz. De verdad, no sé de qué me están hablando, decía Tomás.

—Maldito mentiroso. Más te vale que confieses lo de Cheno Cortina. Sabemos que eres su amigo. Todo el pueblo habla de él con respeto. Como si él fuese el líder. Confiesa. ¿Cortina forma parte de la resistencia? ¿Es el líder?, le gritaban, sin dejar nunca de golpearlo.

"¡Oh, Tomás, mi amor!", Juana dijo, otra vez, rompiendo en llanto.

—No sé nada —repetía ella, haciendo suyas las palabras de Tomás—. No sé nada. Hasta donde yo sé, Cheno no es parte de la resistencia. Él y su familia tratan de cooperar con ustedes. Como lo hacemos la mayoría del pueblo. Tomás les repetía una y otra vez, pero no parecían escucharle.

Juana continuó su narración:

—Mientes, pero te enseñaremos a ti y a todos a respetarnos, le dijeron. Fue entonces que uno de ellos volteó la mirada hacia donde nos encontrábamos mis hijas y yo. ¡Oh, Dios, Dios! ¿Por qué lo permitiste? ¿Por qué?, Juana sollozó golpeándose el pecho.

Cheno se levantó, acercándose y la tomó de las manos:

—Juana, estás a salvo. Estás entre amigos. Trata de tranquilizarte y dinos, ¿qué fue lo que pasó?

—Oh, Dios mío, Dios mío, Juana repetía entre sollozos.

Finalmente, respiró profundo y continuó:

—Átenlo, ordenó uno de ellos; luego, el que habló, me jaló del pelo. Al verlo, las niñas gritaron, llorando y ellos las golpearon. Esa bestia rasgó mi vestido y me violó. Luego, tomaron turno conmigo y con mis hijas. Tomás no dejaba de gritar, pero ellos, riendo, sólo se burlaban. Finalmente, uno de ellos le disparó a Tomás y se fueron. No sé cómo le hice, pero en cuanto se fueron, corrí a casa de Catarino en busca de ayuda. Tomás está vivo. El doctor Wallace me ha dicho que sobrevivirá. Gracias a Dios, él es un hombre fuerte. El doctor Wallace me aconsejó que viniese a donde ustedes y les contara lo que pasó.

Furioso, llorando de rabia, Cheno apretó los puños. Su rojiza barba brillaba al humedecerse con el llanto. Como impulsado por un resorte, se puso de pie y gritó: "Chema, trae las pistolas; ¡esto lo vamos a emparejar!"

—¡No! —gritó Sabas—. Juana, lo que te ha sucedido es una tragedia que no permitiremos se quede sin castigo, te lo prometo. Pero... —miró a Cheno antes de continuar—, las pistolas no resolverán nada. Por ese camino no llegaremos a ningún lado. Iremos con Davenport. Estoy seguro de que nos hará justicia.

Dos días después, en el cuartel del ejército americano, Sabas, Cheno y Chema relataron a Davenport lo sucedido.

—Lo que pedimos es justicia, coronel, dijo Cheno mirándolo fijamente.

—Por supuesto, señor Cortina. Tengan la seguridad de que los responsables serán debidamente castigados —Davenport contestó—. El general Taylor nos dejó instrucciones precisas de mantener la paz, respetar sus costumbres y propiedades. Pienso seguir sus instrucciones al pie de la letra.

Al hablar Davenport, Cheno percibió el aliento alcohólico. "Whiskey barato", pensó.

—Me da gusto escucharlo, coronel. Estaba seguro de que usted no permitiría que un crimen tan serio como éste quedara impune —medió Sabas con prontitud—. Mis hermanos y yo agradecemos su buena disposición. Es así como aprenderemos a convivir en paz.

—Así lo creo yo también, Davenport replicó sonriendo.

—No le quitamos más tiempo, Sabas dijo extendiendo su mano.

—Este asunto será resuelto de inmediato, dijo Davenport tomando la mano de Sabas.

Al salir, Cheno alcanzó a escuchar: "Mayor —Davenport decía a Chapman— averigua quienes tuvieron que ver en el asunto de los Morales y mándelos de inmediato a que se unan a Taylor, dondequiera que éste se encuentre".

CAPÍTULO
III

—Pantaleón, la manada se aproxima. Asegúrate de que el corral esté listo, dijo Cheno en voz baja, al mismo tiempo que trepaba, presuroso, a un mezquite para esconderse.

Como todos los veranos, había llovido en abundancia y pequeñas lagunas aparecían por todo el valle. Los caballos salvajes pastaban favorecidos por la hierba crecida. Ocultos, Cheno, Pantaleón, Refugio y Donaciano los esperaban. Al subir al mezquite, Cheno llevó consigo un lazo. Pantaleón se resguardó tras la reja falsa que había ensamblado arredor de una pequeña laguna, dejando sólo una entrada para los caballos. Refugio y Donaciano se apostaron cerca del acceso de la trampa con la intención de evitar que los caballos escaparan. El ocaso estaba próximo.

El líder de la manada, un caballo palomino, se acercó cauteloso a la charca; vigilante, entró al agua mientras el resto aguardaba. Era un animal hermoso, aunque de pequeña estampa, era ágil y atlético. Observándolo con atención, Cheno contuvo el aliento y alistó la soga al notar que el caballo guiaba a su manada hacia el agua.

Un lozano caballo moro sobresalía. Al igual que el líder, se veía fuerte, pero más nervioso y ágil; tenía la mirada profunda y tensa musculatura. Conforme bebía no dejaba de menear la cabeza y mover las orejas. De súbito, una soga le rodeó el cuello. Quiso correr, pero de un brinco Cheno bajó del árbol y enredó la cuerda en la pata delantera, forzando al animal al suelo. En un abrir y cerrar de ojos el potro fue atado a un árbol.

Entre tanto, Pantaleón, Refugio y Donaciano rodearon a otros jacos y permitieron al resto de la manada escabullirse. Siendo vaqueros experimentados, no tardaron en someter y atar los caballos a un árbol.

—Excelente trabajo, muchachos —dijo Cheno—. Por esta noche déjenlos descansar. Mañana los domaremos.

—Nos merecemos un buen sotol, dijo Refugio sentada sobre el pasto, mientras pegaba sus labios a una vasija de barro de donde bebió un trago.

Al día siguiente, despertaron antes de que el sol despuntara; calentaron café y desayunaron cecina con salsa de chile en tortillas de harina.

Donaciano (Chano para sus amigos), el veterano del grupo, aconsejó a Cheno: "Recuerda, primero deja que el animal te conozca". Sonrió y los huecos donde alguna vez hubo dientes quedaron expuestos.

—¿Cuántas veces me vas a repetir lo mismo, Chano?, protestó Cheno antes de sorber el café de la taza de latón que sostenía con ambas manos.

—Tienes razón, me estoy haciendo viejo —concedió Chano—. Casi desde que aprendiste a caminar, antes que jugar con tus hermanos o con los otros niños preferiste andar con nosotros, los vaqueros; no te tomó mucho tiempo aprender. Ahora eres mejor, mucho mejor que la mayoría de nosotros.

Al hablar, los pliegues de las arrugas en su rostro simulaban acequias. Sonriendo, sorbió de su café.

—Refugio y yo nos encargamos del palomino y del bayo, intervino Pantaleón mordiendo un trozo de carne seca.

—Tú, Cheno, te encargas del moro, y Chano apoya a quien lo necesite —masticó despacio, moviendo el bigote con ritmo—. ¿Qué les parece?, preguntó, después de tragar el bocado.

—De acuerdo, empecemos, dijo Cheno arrojando hacia la charca el resto de su café y levantándose. Caminó sigiloso hacia los caballos para no asustarlos. Los demás lo siguieron.

Cheno se puso de frente al moro. Ante la mirada atenta del animal, se acercó con lentitud. El caballo se mantuvo alerta, tensando los músculos y aguzando las orejas.

"Hola, mi buen amigo", Cheno le dijo con suavidad, casi con dulzura. "De ahora en adelante seremos compañeros, amigos para siempre. Te llamarás Palomo", agregó.

Cheno se acercó, extendió la mano y acarició al animal lenta y cariñosamente, al mismo tiempo que empezó a susurrarle al oído. Lo acarició despacio, muy despacio, suavemente, para que el animal no se exaltara. Siempre con cautela, dejó que el caballo sintiera la cuerda. Después de un rato, el animal aceptó la rienda, Cheno agregó la anteojera. Tapó los ojos del moro para luego cuidadosa y tiernamente colocarle la montura. Una vez hecho esto, trepó al mezquite y silbó a Chano para que se preparara a desamarrar al caballo. Le destapó los ojos y se sentó sobre la montura.

Apenas sintió la carga sobre su lomo, el moro curveó su cuerpo, brincando y desplegando sus extremidades, buscando deshacerse del exceso de peso. Cheno, sujetándose con determinación, estaba listo para el embate. Dos, tres, cuatro veces, el animal brincó con fiereza. Cheno se mantuvo hasta que, finalmente, con un brinco violento, el caballo lo lanzó por los aires. Chano atento a lo que sucedía, intervino de inmediato, pasando la soga alrededor de las patas del animal y atándolo al árbol.

—Es un gran caballo, responde tal y como lo esperaba; nos llevaremos bien, dijo Cheno riendo y sacudiendo el agua.

"Sujétalo, va el segundo intento", se dirigió al animal y repitió la rutina de acercamiento de nuevo, en cuanto sintió que había logrado su confianza, lo montó y pidió a Chano que le liberara. Pero, una vez que sintió el peso encima de su lomo, el moro arqueó con violencia su cuerpo y brincó tratando de liberarse. Esta vez, Cheno pudo aguantar ocho brincos, pero una vez más, terminó en el agua. Los patos que habían bajado a beber volaron despavoridos, se posaron a la orilla de la charca y voltearon a observar la doma del caballo.

"¡Wahoo!", gritó Cheno alegremente. Esto va muy bien. Vamos de nuevo.

Tres días después, los caballos no sólo consentían ser montados, sino que obedecían órdenes y guiaban al ganado como si lo hubieran hecho toda su vida. El moro fue el último en someterse y, aun cuando lo hizo, sólo permitía que Cheno lo montara.

Al atardecer del tercer día, una vez cumplida la tarea, tomaron un descanso y rostizaron el borrego que recién habían sacrificado. Tranquilos y cansados, se prepararon para cenar.

—Escuchen, alguien se acerca. Quizá sean comanches o apaches, dijo Refugio levantando la cabeza, poniendo atención a los sonidos.

—Cierto, son caballos. Pero, ¿cómo sabes que son indios?, preguntó Pantaleón.

—Ellos no calzan a sus caballos, replicó Refugio.

A paso deliberadamente lento, un grupo de cinco comanches se aproximó. Aunque lucían emaciados, cabalgaban con orgullo, el cuerpo erguido y ambas manos sobre los caballos, en son de paz.

—Saludos, dijo el líder en español, alzando su mano izquierda.

—Saludos, respondió Cheno, haciendo un movimiento con su brazo derecho. Lo invitó a compartir la comida.

Los comanches desmontaron. Aunque sus movimientos eran ágiles y su cuerpo era fuerte y correoso, sus prominentes clavículas denotaban hambruna. Su líder miró a Cheno con admiración: "Eres un buen domador, no hay violencia en tus actos", le dijo mientras se sentaba. Cruzó las piernas, irguió el cuerpo y miró alrededor. Siguió hablando: "Los hemos observado por los últimos dos días" —miró hacia los caballos—. Agregó con un dejo de tristeza: "Necesitamos caballos para continuar nuestro viaje, pero no tenemos nada que ofrecer a cambio."

—Hablas un buen español, —intervino Donaciano—. ¿Dónde lo aprendiste?, ¿para qué quieren los caballos?

—En la misión de San Antonio. Ahí vivíamos en paz. Los frailes respetaban nuestras costumbres, compartían con nosotros, nos educaban y enseñaron nuevas cosas. Cuando los primeros de los suyos llegaron a estas tierras peleamos, pero gracias a los frailes aprendimos a convivir respetándonos. Por un tiempo, no nos molestábamos —su semblante se endurecía a medida que hablaba—. Pero, ahora, han llegado otros hombres blancos. Son diferentes, no comparten nada y pareciera que quieren acabar con todos nosotros.

El resto de los comanches irguieron la barbilla escuchándole. Su semblante también era duro.

—Cuando un pequeño grupo de renegados, en respuesta a su violencia, atacó un convoy hacia El Paso, los blancos se vengaron atacando nuestras aldeas, al hacerlo matan lo que se mueva. No sólo guerreros, matan jóvenes, ancianos, mujeres, niños e, inclusive, recién nacidos, añadió. Con tristeza miró hacia el horizonte.

—Nosotros vamos con nuestras familias hacia la misión en Parras. Ojalá que allí podamos vivir en paz.

Mientras tanto, Pantaleón y Refugio habían terminado de rostizar al borrego. Lo rebanaron y repartieron entre los comanches. Donaciano les ofreció sotol para pasarlo.

—Lamento lo que les ha ocurrido, entiendo su pena —dijo Cheno mirando fijamente al líder comanche—. Pueden llevarse dos de los caballos que acabamos de domar, agregó dirigiendo su mirada hacia los caballos—. Además, puedes escoger otro de nuestros caballos. No te preocupes por el pago.

Encogiendo los hombros, agregó:

—¿Quién sabe? Quizá en el futuro seamos nosotros quienes necesitemos de ustedes.

El jefe comanche, serio, clavó la mirada en Cheno.

—Eres un buen hombre —dijo y quitó un pequeño talismán de piedra que colgaba de su cuello ofreciéndoselo a

Cheno—. Si alguna vez necesitas de nuestra ayuda, sólo tienes que mostrarlo a cualquier comanche.

—Gracias —dijo Cheno tomando el regalo—. Me da gusto poder ayudar en algo, comentó y se colgó el talismán al cuello de una forma muy respetuosa y con mucho cuidado.

—Alguien viene, galopa a toda prisa. Probablemente uno de nuestros vaqueros, intervino Refugio.

—Yaaa. El caballo está herrado, dijo Pantaleón con tono sarcástico.

—Ya lo verás, replicó Refugio.

Al poco tiempo, Tomás Cabrera llegó a todo galope.

—Cheno, ¡Sabas me ha mandado a buscarte! —gritó al desmontar—. Parece que la guerra ha terminado. Te necesitan para una reunión familiar y decidir qué es lo que van a hacer.

Cheno sonrió. Cortó un trozo de la pierna del cordero y lo ofreció a Tomás. Le dijo: "Te ves cansado, descansa y come un poco. Mañana partiremos".

En Guadalupe Hidalgo se firmó el tratado en el que México reconocía su derrota y aceptaba al Río Bravo en toda su extensión como el nuevo límite fronterizo entre las dos naciones. Los Estados Unidos no sólo obtenían el valle de Texas —pretexto para empezar la disputa— sino que también recibían California, Arizona, Nuevo México, Colorado y una parte de lo que es hoy Utah, Nevada y Wyoming. México obtuvo 20 mil dólares como pago por el territorio cedido, pero, en el mismo tratado, aceptó pagar los gastos de guerra incurridos por el agresor, exactamente la misma cantidad.

Los mexicanos que tuvieran propiedades al norte del nuevo límite fronterizo, las podían conservar, siempre y cuando probaran ser los dueños, a satisfacción de las autoridades estadounidenses. En caso de decidir quedarse, al cabo de dos años, automáticamente obtendrían la ciudadanía del país vecino.

—Cheno, ¡qué bueno que has venido!, dijo sonriendo doña Estefana al recibir a su hijo. Caminó hacia él, abrazándolo y besándolo en la mejilla con cariño. Sus ojos grises, húmedos, brillaban.

—Queremos oír tu opinión; espero que nos ayudes a tomar la decisión correcta.

Los dos caminaron hacia la habitación en la que el resto de la familia esperaba tomando café. Cheno saludó a Sabas y Chema, sus hermanos; caminó hacia Refugio y Carmen, sus hermanas; inclinándose, besó a cada una de ellas en la mejilla. Además de la familia, Cheno saludó a Rafaela y sus padres. Cheno notó que había otros que no pertenecían a la familia. Los saludó y acercando una silla, se sentó a un lado de Rafaela.

—He invitado a los caballeros, nuestros amigos, a que nos ayuden en esta difícil decisión que debemos de tomar, dijo Estefana, señalando hacia donde se encontraban Charles Stillman, Francisco Iturria y Adolphus Glavecke. El primero de ellos, un empresario avecindando en Matamoros desde hacía varios años. El segundo, un joven y exitoso empresario mexicano, discípulo de Stillman en las artes de negociar y comerciar. El último de los invitados estaba emparentado por matrimonio a la familia Cortina.

—Agradezco su presencia, su opinión es valiosa, agregó Estefana. Chema repartió finos y largos cigarros cubanos entre los varones.

—Mamá —Sabas abrió la conversación—. Debemos tener presente que la mayor extensión del fundo del Espíritu Santo, que nuestra familia ha trabajado por más de dos generaciones, está situado al norte del río —se puso de pie mostrando un prominente abdomen, producto de su preferencia por el trabajo sedentario—. Son más de 150 mil acres; la mayor parte, tierras fértiles. Cierto, también tenemos tierra al sur, pero no tiene sentido abandonar lo que ha pertenecido a la familia por varias generaciones —se llevó el puro a la boca y miró hacia arriba, exhalando el humo, sonrió—. En cierta manera, esta guerra ha resultado una bendición para nosotros. Del lado norte ahora gozaremos de estabilidad política. Si respetamos a las nuevas autoridades, tendremos oportunidad de mejorar nuestros negocios, afirmó sonriendo, satisfecho. Caminó hacia una mesa y, tomando un cenicero, volvió a sentarse.

—Sabas tiene razón —intervino Stillman—. Sería absurdo que ustedes abandonaran lo que legalmente les pertenece —mirando a los presentes, con semblante serio, tomó un sorbo de su café—. Mis abogados ya han revisado los papeles con doña Estefana y están en orden. No deben tener ningún problema en demostrar la legalidad de la propiedad —hizo una pausa para luego continuar—. Gracias a la construcción del Fuerte Brown, se ha abierto una oportunidad dorada para todos nosotros.

Bajó la cabeza, respiró profundo, la levantó nuevamente y, con seriedad, miró a todos.

—El fuerte no sólo nos brinda protección, necesitará provisiones y víveres. Se generarán empleos. Estoy convencido que se abre la oportunidad de crear un nuevo poblado —volvió a pausar, mirando a sus interlocutores—. Una buena parte, de hecho, la mayor parte, de ese nuevo poblado quedaría en lo que ahora es vuestra propiedad, doña Estefana —volvió su mirada hacia ella—. Ya le hemos aconsejado en la transacción del terreno para la construcción del fuerte. Con mucho gusto, me pongo nuevamente a sus órdenes para lo que se necesite, detuvo su discurso, tomando una bocanada de su habano.

—Claro que le entramos —exclamó Glavecke golpeándose el muslo, en mal español y con marcado acento alemán—. También las tierras de Concha están al norte del río —sus ya de por sí rojizas mejillas se ruborizaron—. Hay muchos mexicanos que preferirán quedarse en este lado del rio, inclusive migrarán aún más al sur —se frotó las manos—. Así que habrá una buena cantidad de tierra barata disponible, sonrió, mostrando sus dientes manchados por el exceso de tabaco.

Tomó un trago del sotol.

—Además, hoy como nunca pasta mucho ganado sin dueño, sólo esperan que alguien los tome para ser herrados.

—…, pero, ¿qué hay con la gente común?, intervino Chema.

—Es cierto, se han creado buenas oportunidades para quienes estamos en posibilidad de aprovecharlas. Pero, ¿qué pasará con los peones, los barrileros, los vaqueros? —miró fijamente a los presentes, a Sabas y Cheno en particular—. ¿Qué será de quienes han trabajado con nosotros? —Molesto, se levantó y caminó alrededor de la habitación—. Cierto, había problemas, pero de alguna manera nos respetábamos mutuamente, sabíamos que dependemos los unos de los otros. Pero ahora, además de la tropa, otros han llegado, no con buenas intenciones. Nos consideran inferiores, creen que nos han conquistado y eso les da autoridad sobre los nuestros. Un buen número de ellos son criminales. Con su llegada, ha crecido el número de burdeles y cantinas —se detuvo y enfocó su mirada en Stillman e Iturria—. Cierto, los negocios de algunos han prosperado, cierto también que eso nos incluye.

Hizo un cauteloso ademán hacia donde se sentaba su madre.

—También es cierto que el nuevo poblado del que el señor Stillman habla estará situado en nuestras tierras y que eso traerá oportunidades de prosperidad para la familia, alzó su mano al hablar —se detuvo, bajó la mano, titubeó por un momento antes de continuar—. Pero nosotros somos mexicanos y ahora pisotean a los nuestros en lo que hasta ahora ha sido nuestra tierra. Todos aquí sabemos que las nuevas autoridades hacen poco o nada para proteger a los nuestros, bufando, volvió a su silla.

—Tienes razón en todo lo que has dicho, Chema. Y es precisamente por eso que debemos quedarnos en la parte norte —intervino Cheno sin quitar el puro de su boca—. Debemos asegurarnos de que los nuestros sean tratados con justicia —exhaló el humo, extendió el brazo para alcanzar el vaso con sotol, bebió un trago—. Aprenderemos sus leyes, participaremos en política, tendrán que tratarnos como iguales.

Rafaela sonrió y aplaudió con entusiasmo.

—Bien dicho —expresó Stillman, también aplaudiendo—. Eso es lo que se necesita. Cuenten con mi apoyo para lograrlo. ¿Tú qué opinas, Francisco?, dijo volteando hacia Iturria.

—Estoy completamente de acuerdo. Ésta es una gran oportunidad para todos. Me entusiasma la idea del nuevo poblado y estoy de acuerdo con lo que Cheno ha dicho, añadió Iturria.

—Bien, parece que estamos de acuerdo —intervino Estefana, sonriendo—. Nos moveremos al norte, pero conservaremos lo que es nuestro al sur del río —miró hacia donde Cheno y Chema se sentaban—. Por lo pronto, Sabas se hará cargo de la tierra en el norte y ustedes dos de la propiedad en el sur, agregó.

—Así lo haremos —replicó Cheno—. Nuestros primos por el lado de los Treviño y de los Gómez nos ayudarán —suspiró—. Seremos americanos, agregó.

Rafaela acarició su mano cariñosamente.

—Brindemos, propuso Sabas, poniéndose de pie y extendiendo su brazo derecho mientras sostenía una copa llena de vino.

Con sus copas llenas, todos lo imitaron.

—Por México, nuestra antigua patria, y por los Estados Unidos de América, nuestro nuevo hogar, brindó Sabas mientras bebía.

Sin decir palabra, Cheno y Chema también bebieron.

CAPÍTULO
IV

Charles Stillman señaló el plano que tenía sobre su escritorio. "Sera un pueblo moderno, George. Calles anchas con callejones de servicio para acceder a los edificios por la parte de atrás. No hay razón para que todas las calles partan de una plaza central como aquí en Matamoros. De momento, no nos preocupemos por los edificios públicos, aunque es buena idea dejar espacio para una plaza. Un hermoso poblado, mi pueblo", pensó.

—Ya he trazado y planeado otros poblados —replicó George Lyons, subinspector del Condado de Nueces—. Habrá que considerar un espacio para el mercado. Creo que quedará bien si lo ponemos aquí, agregó marcando el plano con una cruz.

Charles Stillman administraba la parte del negocio familiar dedicada al comercio entre México y los Estados Unidos, con oficinas en Nueva Orleans y Nueva York. Desde su edificio de dos pisos, situado frente a la plaza Hidalgo en Matamoros, dirigía las operaciones del lado mexicano. Su oficina estaba situada en el segundo piso del edificio. Desde su ventana podía ver el ir y venir del pueblo y el movimiento de los botes en el río. Ahora planeaba la construcción de un nuevo poblado en la ribera norte del río. "La guerra me ha sido favorable" —caviló— "gracias a ella, ahora podré manejar los negocios desde el lado americano. El fuerte me brindará protección a la vez que me encargo de proveerles. No tendré que pagar los altos impuestos que el gobierno mexicano pretende cobrar". Contento consigo mismo, sonrió.

—¿No deberíamos primero asegurarnos de tener a nuestro favor los títulos de propiedad?, inquirió Samuel Belden, su socio, mientras llenaba su taza con café fresco.

Stillman se encogió de hombros.

—Hemos comprado su parte de la tierra ejidal a algunos mexicanos. También hemos comprado tierras de un americano de nombre David Snearly —sorbió de su café—. Basse y Hord, nuestros abogados, han tramitado que se reconozca la propiedad a los dueños del fundo del Espíritu Santo, así que hemos cubierto la parte legal –sonrió satisfecho–. Estoy tan seguro que ya tengo el nombre de las calles principales. Se llamarán Elizabeth, St. Francis y St. Charles. Desde luego habrá una calle Levee, que será el acceso a la ribera. El resto de las calles honrarán los nombres de los presidentes americanos —contento, golpeó levemente su escritorio para dar énfasis a sus palabras—. Éste será el mejor negocio que hayamos hecho hasta ahora, concluyó.

—St. Francis en honor a tu padre. St. Charles, por ti —comentó Belden—; Elizabeth, ¿en honor a tu prometida?

Sin contestar, Stillman sólo esbozó una leve sonrisa. "Tal vez debería llamarla Isabel" —pensó— "y así honrar a la que me ha hecho feliz desde mi llegada".

¡Knock, knock!, tocaron a la puerta. "Adelante", dijo Stillman.

—Señor Stillman, un señor Mussina desea hablar con usted —dijo un asistente al entrar—. Dice que a usted le interesará saber que ha comprado de Manuel Treviño Canales y Andrés Fragoza parte de las tierras donde se pretende construir un poblado alrededor del Fuerte Brown.

—¿Qué? —exclamó Stillman enojado—. ¿Cómo es eso posible? —preguntó dirigiéndose a Belden—. Te pedí que te encargaras de cerrar ese trato.

—Los hermanos Mussina son comerciantes establecidos en Nueva Orleans. Han estado comprando tierras en Puerto Isabel —replicó Belden—. Pensé que había hecho un trato con Canales y Fragoza, pero seguramente los Mussina les ofrecieron más dinero. Creo que será mejor que oigamos lo que propone.

—Hazlo pasar, ordenó Stillman disgustado a su asistente mientras se sentaba.

—Señor Stillman, gracias por recibirme, dijo Simón Mussina al entrar. Tomó asiento, aceptó la taza de café y el puro que le ofrecieron. Colocó la taza de café sobre el escritorio y encendió su cigarro.

—Al igual que usted, Sr. Stillman —empezó lanzando una bocanada de humo—, mi hermano y yo nos hemos dado cuenta de la oportunidad de ampliar nuestros negocios —fumó de nuevo y acarició su grueso bigote negro—. Ésta es la ruta natural para comerciar entre Nueva Orleans y México; así que hemos comprado tierra en el puerto Isabel. Cuando escuchamos sobre la construcción del Fuerte Brown y el plan de establecer un nuevo poblado a su alrededor, pensamos en participar —sonrió, mirando directamente a Stillman—. Sabemos que tiene aseguradas la mayor parte de las propiedades y al mayor Chapman de su lado; sin embargo, hemos adquirido una porción considerable de terreno. Pero eso no debe de preocuparle —hizo una pausa para observar la reacción de Stillman—. Al igual que usted, nosotros somos empresarios, por eso he venido a verle. Espero que nos entendamos y lleguemos a un acuerdo satisfactorio para todos.

Stillman se mecía en su silla y aspiraba de su puro mirando fijamente a Mussina. Sabía que, de momento, Mussina tenía mejor juego. "Necesito ganar tiempo", pensó. Se puso de pie y extendió su mano derecha hacia Mussina. "Creo que llegaremos a un acuerdo", dijo.

Mussina sonrió tomando la mano extendida de Stillman. "Estoy seguro de que así será", respondió.

—Me gustaría que incluyéramos al Sr. Belden, aquí presente, en el trato, dijo Stillman señalando hacia donde Belden; quien sonrió y levantó la mano derecha en señal de saludo a Mussina.

—También tendríamos que incluir al mayor Chapman, extraoficialmente, como usted comprenderá. Cada uno de nosotros recibirá el 25% de las utilidades obtenidas; aunque en el papel diremos que mi parte es 50%. Espero que éste usted de acuerdo con lo que le propongo, añadió.

—Completamente de acuerdo —respondió Mussina sonriendo—. Entiendo, pues, que firmaremos un contrato.

—Desde luego que así será. Si usted no tiene inconveniente, el despacho de Basse & Hord se hará cargo de los detalles legales. Me alegro de que nos hayamos entendido. Le invito un trago para sellar amistosamente nuestro trato, dijo Stillman sacando tres copas y vertiendo coñac en ellas.

—Por la compañía del poblado de Brownsville, brindó Belden mientras levantaba su copa.

Días después, Stillman se reunió con Robert Hord, a quien había encomendado la ejecución del proyecto.

—Los lotes se están vendiendo rápidamente. San Román, Iturria y otros empresarios de Matamoros no sólo han comprado, sino que han pagado en efectivo los mil quinientos dólares que cuesta cada predio. Inclusive, Kenedy y King han comprado —Hord interrumpió su reporte para sonreír irónicamente—. Ellos, además de su negocio de transporte en el río, han puesto un burdel disfrazado de cantina. Les ha ido muy bien. Son dos empresarios astutos, deberíamos considerar asociarnos con ellos, hizo una pausa para tomar un sorbo de café.

—Te dará gusto saber que ya hay construcciones en proceso. El hecho de que entre ellas esté tu propia casa y oficinas ha contribuido de buena manera en animar a otros —sacó su pañuelo y se limpió el sudor de su frente, como dudando—. Pero, hay un problema legal que debemos de considerar, parece ser un problema serio. Rafael García Cavazos ha cambiado de parecer y no sólo se niega vender, sino que ha contratado al despacho de W.G. Hale para que inicie una demanda. Alega que gran parte de los terrenos que tanto tú como Mussina han comprado, han sido obtenidos de manera ilegal. Argumenta que quienes los vendieron no son los dueños, sino sólo aparceros de los legítimos propietarios. Encima de eso, doña Estefana se niega a firmar su parte del acuerdo. Dice que sus hijos no aceptarán que haya vendido sus tierras por la cantidad de un dólar.

Stillman, con su mano en la barbilla, mecía su silla. Sus ojos azules, puestos en el horizonte. Escuchó atentamente.

Lentamente volvió su mirada hacia Hord. "¿Tienes 17 mil dólares?", le preguntó.

—No, no los tengo. ¿Por qué lo preguntas?, contestó Hord.

Stillman refunfuñó para luego sonreír.

—Ahora te explico, aunque en realidad no importa. Lo que me has contado, de hecho, nos facilita las cosas. Tenemos oportunidad de deshacernos de los hermanos Mussina, comentó.

Se puso de pie y caminó hacia la ventana. Su pisada resonó con fuerza al golpear las botas contra el piso de madera. Desde su ventana veía la plaza Hidalgo y la catedral. A la distancia divisaba la bandera americana ondear sobre el Fuerte Brown. Extendiendo su mano, simuló acariciar el pueblo en construcción alrededor del Fuerte Brown. Más tranquilo, se volvió de nuevo hacia Hord.

—Escucha bien lo que te voy a decir. Tú y Elisha nos comprarán la Compañía. Como los títulos de propiedad de Canales y Fragoza no tienen validez, los hermanos Mussina pueden ser excluidos del trato —clavó sus ojos azules en Hord—. ¿Entiendes lo que te digo, Robert? —Hord movió la cabeza, asintiendo—. Ofrécele a Cavazos 25 mil dólares por su parte de la propiedad; puedes aumentar la cantidad hasta 35, si es necesario. Luego, vas con doña Estefana y le explicas que podría perder los 150 mil acres si se niega a donar un poco a favor de la comunidad. Es una mujer inteligente. Ella entenderá.

—Entiendo lo que me dices y así lo hare. Pero, ¿no te preocupa cómo reaccionarán los hermanos Cortina?, dijo Hord, preocupado.

Stillman se encogió de hombros.

—Puedo negociar con Sabas y sus hermanas. Ellos son gente educada, incluso José María. Cheno es el salvaje de la familia, y es él quien podría crearnos problemas. De él me encargaré cuando llegue el momento, frunció el ceño.

—Ahora que lo mencionas, hace tiempo que no lo veo en el pueblo…

—Cheno, te agradezco que hayas decidido acompañarnos —dijo el Capitán John J. Dix—. Necesitamos a alguien que no sólo sepa controlar a los caballos, sino que, además, sea respetado y obedecido por los vaqueros.

—Me siento honrado no sólo de poder apoyar, también de colaborar con el ejército, contestó Cheno. Él y Dix encabezaban el convoy de 75 carretas que partió de Matamoros con rumbo a San Antonio. Además de las carretas cargadas de provisiones, conducían una manada de casi 200 caballos y las cuadrillas de mulas necesarias para irlas alternando según se requiriera.

—Sin embargo, no todos parecen estar satisfechos con su decisión de ponerme como segundo al mando, especialmente el capitán Ives se ve disgustado, agregó Cheno.

—Es comprensible. Tú fuiste uno de los mexicanos que peleó contra nosotros. Aunque ahora has decidido ponerte de nuestro lado, hay quienes no lo entienden. En particular, aquéllos que participaron en la guerra. Pero aun ellos tendrán que aceptar el hecho de que debemos escoger a los mejores para cada labor. Y nadie mejor que tú para ello. Estoy consciente de que hay algunos que no están de acuerdo, sobre todo los que se sienten conquistadores. Es por eso por lo que he dado órdenes estrictas de que eres tú quien debe autorizar el cambio de las cuadrillas de mulas. De esa manera estaré seguro de que nadie abusa de los animales.

—Aprecio su confianza. Pronto llegaremos a Goliad, dijo Cheno. Una vez ahí, revisaré si es necesario cambiar cuadrillas.

Siendo la temporada de lluvia, el camino estaba cubierto de espeso y abundante lodo, lo que complicaba el paso de las pesadas carretas. Cheno observó cómo algunos carreteros abusaban de las mulas fueteándolas con fuerza excesiva.

—¡Hey, ten cuidado! —le gritó Cheno a uno de los carreteros, rubio y fornido, proveniente de Nueva York—. No tienes necesidad de azotarlas de esa manera. Obedecen mejor cuando se tratan con cuidado.

El carretero lo miró despectivamente.

—Ningún grasiento me va a decir cómo debo tratar a las mulas —dijo azotándolas con violencia—. Las trató igual que a los mexicanos, añadió con mirada retadora.

Cheno puso la mano en la pistola, pero se contuvo al notar que el convoy se detenía. Simplemente devolvió la mirada retadora al carretero y jaló las riendas de su caballo galopando hacia la punta de la caravana. Al acercarse se percató de que un pequeño grupo de apaches Lipan, nativos de la zona, caminaban en dirección al convoy. Mujeres y niños en su mayoría. Vestían harapos, sus rostros mostraban hambre y cansancio. Algunos de los integrantes del convoy les gritaban que se movieran, uno de ellos desenfundó y apuntó hacia ellos.

—No dispares. ¡Guarda el revólver!, gritó Cheno al llegar a la cabeza de la columna. Cabalgó lentamente en dirección al grupo de apaches.

Los lipan se detuvieron cohibidos, temerosos. Algunos temblaban. Los niños se ocultaban pegados a las faldas de sus madres.

—¿Hacia dónde van?, preguntó Cheno, dirigiéndose a la más anciana del grupo.

—A la misión de Parras —contestó la anciana—. Tenemos hambre. Hace una semana que no comemos. Un poco de pan, por favor. No nos dejen morir.

Cheno miró al grupo.

—Descansen, ahora les daremos algo —volteó su caballo hacia la columna—. Descansemos aquí —ordenó—. Juancho, asegúrate de que ellos reciben comida, agregó dirigiéndose a uno de los vaqueros.

—¿Por qué tenemos que detenernos para alimentar a unos indios asquerosos?, protestó uno de los carreteros lanzando un escupitajo al suelo.

—Más vales que obedezcas. Te pagan por conducir la carreta, no por tu opinión, respondió Cheno con fuego en su mirada.

—¿Qué sucede?, preguntó Dix acercándose al carretero anglosajón.

—No tenemos por qué obedecer órdenes de este grasiento, contestó otro de los cocheros.

—Ha ordenado que nos detengamos por estos indios apestosos —intervino otro de los hombres con sarcasmo—. Y encima quiere darles comida, añadió escupiendo de manera despectiva.

—¿Tú que dices, Cheno?, inquirió Dix acercando su caballo al de Cheno.

—Necesitamos descansar y esta gente está hambrienta, replicó Cheno y señaló al grupo de harapientos apaches.

Dix dirigió su mirada hacia el grupo que, para entonces, se había sentado a un lado del camino.

—Cheno tiene razón. Él es el segundo al mando. Esta gente es pacífica con hambre. Denles algo de comer, dijo dirigiéndose a los carreteros.

—Que lo hagan los mexicanos. Ellos comen de la misma mierda, rezongó el capitán Ives.

Después de descansar, el grupo de apaches continuó su camino y la caravana retomó su andar. Avanzaba lentamente, el intenso calor, la humedad, los mosquitos y el lodo hacían el avance difícil, pesado. Las mulas jalaban con fuerza. Los hombres, bañados en sudor, las golpeaban tratando de obligarlas a jalar aún con más fuerza. ¡Buzzzz, buzzz!, los mosquitos zumbaban torturando por igual a hombres y bestias.

—Vamos —gritó Ives—, avancen, golpeen duro a sus mulas para que jalen.

"Los latigazos son inútiles, así no obedecen. Mano suave, pero firme a la vez logra que los animales avancen a paso firme", Cheno aconsejaba a los carreteros. Algunos obedecieron a Ives, la mayoría siguieron el consejo de Cheno, notando que daba el resultado deseado.

Aunque Cheno estaba acostumbrado al intenso calor húmedo del sur de Texas, al igual que todos, sudaba copiosamente, sentía su cuerpo quemarse; la ropa empapada, pero, a pesar de eso, su boca estaba seca, la garganta ardía al pasar saliva.

Al llegar a Goliad, el sol se ocultaba en el horizonte. Los carreteros que habían castigado con violencia a sus mulas pedían cambio de cuadrilla.

—Todo cambio de cuadrilla debe ser aprobado por Cortina, dijo el vaquero mexicano encargado del reemplazo de mulas.

—¿Qué dices? —rezongó un cochero alto y fornido—. Ningún méndigo grasiento me va a decir cuándo debo de cambiar mi cuadrilla; ¡o me das las mulas o te mato aquí mismo!

—No vas a matar a nadie, tampoco te van a dar las mulas, intervino Cheno con tono firme, caminando hacia el cochero.

El cochero volteó a verle. Sus verdes ojos brillaban. Su rostro entero reflejaba rabia, coraje y desprecio.

—Hijo de puta, ya estoy harto de ti, dijo al tiempo que lanzaba un derechazo en dirección a la nariz de Cheno. El enorme puño zumbó al despeinarlo un poco. Con un ágil movimiento, Cheno no sólo esquivó el golpe, sino que, como bailando, pateó al enorme carretero entre las piernas. El grandulón gimió, labios lívidos, rostro morado, cayó al piso con las manos entre las piernas. Cheno brincó sobre él y, furioso, pasó su brazo alrededor del cuello. Por la fuerza del estrangulamiento, los ojos del gigante semejaban tomates verdes.

—Cheno, suéltalo, lo vas a matar, Dix intercedió separando a Cheno del cochero.

—No tolero que alguien me insulte —dijo Cheno—. Además, me ordenaste encargarme de las cuadrillas, y eso es lo que hago. Estos hombres tendrán que aprender a respetar.

—Estos mexicanos sólo traen problemas, dijo Ives despectivamente.

—No, no es así. Ahora, ellos también son americanos trabajando para el ejército americano. Debemos aprender a respetarnos y trabajar juntos, replicó Dix.

—Eso nunca sucederá —espetó el corpulento cochero, con el rostro todavía morado, con las manos entre las piernas, tratando de ponerse de pie—. Estos mugrosos nunca serán iguales a nosotros, agregó luego de que logró enderezarse.

Al escucharlo, algunos mexicanos le lanzaron miradas retadoras, otros pusieron las manos sobre las pistolas. Lo mismo hicieron los gringos. Cheno y Dix hicieron señas para calmarlos.

—Calma todos, aquí no ha pasado nada. Vuelvan a sus labores, dijo Dix. Aunque disgustados, todos le obedecieron.

A la mañana siguiente, Cheno inspeccionó cada cuadrilla y autorizó los cambios que así lo ameritaban. De mala gana aceptó la solicitud de Dix de autorizar el cambio para el cochero responsable del incidente del día anterior. Aunque todos trabajaban en aparente normalidad, el ambiente era tenso. Cheno observó cómo mexicanos y americanos intercambiaban miradas llenas de odio, resentimiento y desconfianza.

Ya bien entrada la tarde, Dix abordó a Cheno:

—Estamos llegando a La Grange, me adelanto para tener tiempo de visitar a mis padres; ahí los espero. En mi ausencia dejo al Capitán Ives al mando. Espero que tú y él se entiendan.

—Ve sin cuidado. Todo estará bien. Salúdame a tus padres, Cheno le contestó sonriendo y de buen humor.

—Gracias, de tu parte, replicó Dix antes de poner su caballo a galope.

Al llegar a La Grange, el mismo cochero que había causado el alboroto volvió a solicitar cambio de cuadrilla.

—Lo siento, pero ya sabe que no puedo reemplazar las mulas sin la autorización de Cortina, le informó el encargado de las cuadrillas.

—Y tú, como todos ya saben que ninguna mula, como el señor Cortina, me va a decir cuándo debo de cambiar la cuadrilla, dijo el cochero dándole un feroz puñetazo que lo tumbó sangrando de boca y nariz. Cuando el agredido quiso incorporarse, el cochero se lo impidió con una patada violenta.

El alboroto atrajo la atención de todos.

—¡Y a ti, hijo de puta! —gritó el cochero al ver a Cheno acercarse—. Te voy a enseñar cómo trato a las malditas mulas.

—Tranquilo, aléjate en paz, no quiero problemas, dijo Cheno con un tono suave de voz, intentando hacer entrar en razón al cochero.

—Eres un cobarde despreciable —el cochero respondió—. Les ganamos la guerra. Entiendan que ahora nosotros somos sus amos y aquí mismo les voy a enseñar a respetar, empezando contigo, agregó cuadrándose y escupiendo despectivamente.

—Respetamos a quien respeta a los demás, replicó Cheno caminando lentamente en dirección al cochero. Sus espuelas de acero español producían un agudo y melodioso sonido que agregaba drama al, ya de por sí, tenso momento.

Al acercarse Cheno, el gigante le lanzó una patada que Cheno esquivó golpeando al hombre directo en la nariz. ¡Crack!, tronó el hueso de la nariz al tiempo que brotó un torrente rojo púrpura.

"¡Alto!", se escuchó el grito de Ives, antes de que Cheno repitiera el golpe: "¿Qué pasa aquí?"

—Estos mugrosos se niegan a cambiar mulas cuando lo requerimos —replicó el cochero escupiendo líquido de color púrpura—. Les han hecho creer que porque les dejan trabajar junto a nosotros somos iguales, agregó volviendo a escupir sangre.

—Sólo sabes causar problemas —dijo Ives disgustado, apuntando a Cheno—. Dale las mulas que te pide.

—El capitán Dix me puso a cargo de las mulas y los caballos. Este hombre recién cambió de cuadrilla en Goliad. Sus mulas están frescas, replicó Cheno con firmeza.

—Ahora soy yo quien está al mando y ¡te ordeno que le des las mulas!, dijo Ives casi gritando.

—Así lo hare. Pero en cuanto el capitán Dix regrese, nosotros nos vamos, le contestó Cheno.

Al día siguiente, Dix fue puesto al tanto de la situación. Decidió que, efectivamente, lo mejor era dejar que Cheno, junto con el resto de los vaqueros mexicanos, se separaran.

—Lamento mucho tener que dejarlos ir. Eres un buen hombre y líder; puedo ver cómo tu gente te respeta. Pero, desgraciadamente, no es buen momento. Tú y tu gente serán separados decorosamente y recibirán el pago acordado. A tu llegada a Brownsville, dale esta nota al cajero principal. Ahora dime, ¿qué planes tienes?, cuestionó Dix mientras le entregaba a Cheno la nota para el cajero principal.

—Regresaré a casa para trabajar en mi propio rancho, aunque seguiré apoyando a mi madre. Pienso casarme lo antes posible, contestó Cheno tomando la nota y guardándola en su chaqueta. Como buenos amigos, se dieron un abrazo de despedida. Cheno montó a Palomo y ordenó a sus hombres partir rumbo a Brownsville.

—En cuanto lleguemos —comentó Cheno mientras cabalgaban de regreso—, me haré cargo de mi propio rancho. Necesitaré vaqueros con experiencia. Será un honor para mí, si ustedes aceptan trabajar conmigo.

—Cheno, tú sabes que estamos contigo, claro que cuentas con nosotros, contestó uno de los vaqueros.

Cheno sonrió agradecido.

—Y por supuesto, ya saben que todos están invitados a mi boda, dijo haciendo bailar a Palomo.

—Claro que me da gusto saber que has decidido tener tu propio rancho y que deseas empezar una familia. Tú sabes cuánto queremos a Rafaela y a su familia —dijo doña Estefana—. Puedes quedarte con las parcelas de San José que tanto te gustan. De esa manera estarás entre estas tierras y las de Sabas —se detuvo, dudando por un instante, con un gesto de preocupación—, pero hay algo que debes saber…

—¿De qué se trata?, preguntó Cheno, preocupado por el tono de voz de su madre.

—El señor Hord me ha informado que parece haber algunos problemas legales para que nos reconozcan como legítimos dueños. Sabas, Chema y tus hermanas han aceptado la propuesta del señor Stillman para resolverlo. Espero que tú también lo apruebes.

Disgustado, Cheno gesticuló, casi por instinto movió su mano derecha para tomarse de la barba. "¿Qué es lo que proponen?", preguntó.

Estefana le explicó los detalles de la propuesta. Con la quijada apretada, jalándose de la barba, Cheno escuchó con atención.

—¿Qué opinas?, ella preguntó al terminar su relato.

—¿Tenemos otra alternativa? —Cheno preguntó a su vez, mirándola fijamente con sus ojos color verde grisáceo—. Ellos llevan mano, ahora, por lo menos.

CAPÍTULO

V

Cheno y Rafaela paseaban a caballo. A pesar de que el sol brillaba esplendoroso, la brisa del mar hacía placentera la mañana. En el cielo azul, las nubes; vestidas en tonos anaranjados, purpura y verdosos, se deslizaban formando figuras caprichosas. Cheno portaba su sombrero de ala ancha ligeramente echado hacia atrás. Montaba a Palomo, su caballo favorito. Rafaela, jinete experimentada, iba vestida con falda de colores brillantes y montaba de lado a un brioso palomino. Su larga cabellera negra reflejaba la luz solar, lanzando brillos entre azules y morados.

—Mira lo largo del pasto —comentó Cheno extendiendo el brazo—. El valle es un lugar perfecto para la crianza de ganado de toda clase —feliz, sonrió mirando a Rafaela—. Además de vacas y caballos, podremos criar chivas, borregos, hasta cerdos y aves. Hay lugar para todos, respiró profundo.

Desde niño había aprendido a amar y apreciar la tierra, y la idea de que el lugar pronto sería donde formaría su familia lo hacía feliz. Detuvo su caballo frente a una humilde choza cuyos muros estaban hechos de troncos de mezquite y carrizo, el techo de hojas de palma. "Hoy es sólo una choza, pero para cuando nos casemos las paredes serán de ladrillo y adobe, el techo y el piso de madera fina", comentó y ambos desmontaron.

"Me encanta", dijo Rafaela. "El lugar es hermoso", miró hacia el pasto verde y la ligera elevación del terreno que conducía hacia una resaca, llena por las recientes lluvias. Los lirios flotaban en la resaca, un par de garzas humedecían sus largas piernas en la orilla. Rafaela sonriendo, aspiró profundamente, llenando sus pulmones del aire limpio y fresco. "Es perfecto para criar a nuestros hijos," agregó.

Entraron en la choza.

—Cheno, soy tan feliz que quisiera gritar de alegría. Te amo tanto, dijo ella besándolo, uniendo su cuerpo al suyo. Cheno la tomó entre sus brazos y la besó apasionadamente, dejándose llevar por la emoción del momento. Rafaela se separó con fuerza.

—Basta —dijo—. Tendremos que esperar hasta después del casamiento.

Tranquilo, Cheno rio:

—Claro que así será. Tú sabes cuánto te amo y respeto. Esperaremos —miró a su alrededor—. De hecho, por lo pronto tengo que pensar en adquirir ganado. Adolfo, mi primo, me ha ofrecido algún ganado que dice haber comprado en México.

—Tu primo Adolfo no me simpatiza. Es un hipócrita; atento y servicial con los ricos; agresivo, violento, hasta cruel con los peones, vaqueros y barrileros. No se parece a ti. Ten cuidado con él, comentó Rafaela preocupada.

—Él tiene buenos contactos en ambos lados del río. Además, no olvides que, en realidad, no es mi primo, está casado con mi prima, replicó Cheno.

—Tiene malos antecedentes. Hay rumores, que son creíbles, de que compra ganado robado, añadió Rafaela.

—No te preocupes, tendré cuidado —Cheno la tranquilizó, tomándola de la mano—. Iré, le echaré un vistazo al ganado y, si es bueno, sólo si es bueno y muestra que fue obtenido honestamente, quizá se lo compre.

Aunque tomaba de la mano a Rafaela, su pensamiento divagó mientras hablaba. "Lo que a mí realmente me preocupa es que tanto Brownsville como Matamoros están creciendo demasiado rápido. Muchos forasteros han llegado, un gran número de ellos parecen sólo buscar problemas", le dijo. Dejó ir la mano de Rafaela. "Gracias a eso ahora tenemos más cantinas y burdeles; en particular, no me gusta la táctica violenta del *marshall* Shears. Me preocupa cómo usa a esos perros salvajes, le gusta azuzarlos en contra de vaqueros inocentes, sobre todo si son mexicanos", agregó.

—Ten paciencia. La mayoría de los recién llegados sólo están de paso rumbo a California —Rafaela respondió—. Casi nadie simpatiza con el *marshall*, pero tiene el apoyo de gente importante como el Sr. Stillman y de otros como Richard King y Mifflin Kenedy.

—Curioso que los menciones —comentó Cheno—. Me preocupa la forma en que tanto Stillman como sus nuevos socios están adquiriendo tierras y ganado, no sólo de los mexicanos que decidieron irse al sur. He oído que las obtienen por cuestiones legaloides o, de plano, mediante intimidaciones; Shears es un experto en eso.

Atemorizada, Rafaela lo miró: "Juan Nepomuceno Cortina" —casi gritó— "no se te ocurra meterte donde no te han llamado", Cheno gruñó, disgustado. Notándolo, Rafaela suavizó su tono, cambiando de táctica: "Estamos a punto de casarnos y formar familia. Por favor, sólo concéntrate en eso".

—Tú sabes cuánto te amo —replicó Cheno—, pero también me preocupa la gente, sobre todo la más humilde. Es por eso por lo que he pensado que debo participar en política. Quiero prosperar y vivir en paz a tu lado, pero también me esforzaré para que todos sean tratados con el respeto que se merecen.

Rafaela suspiró. "Nunca cambiarás", le dijo besándolo en la barbilla con ternura.

Cien cuernos largos mugían en un corral cercano a Brownsville.

—Es ganado sano, limpio, sin garrapatas, lo garantizo, dijo Adolfo Glavecke sonriendo a Cheno, Chema y Tomás.

—Efectivamente, se ven sanos, pero el hierro es mexicano —comentó Chema limpiando la suela de su bota en una de las vigas del corral—. ¿Cómo fue que los obtuviste?

—Mis socios en México, Jean Vela y Tomás Vázquez negociaron en mi nombre. Tengo plena confianza en ellos, todo es legal, replicó Glavecke.

—No estoy muy seguro —intervino Chema dirigiéndose a Cheno— Vela y Vázquez trabajan para King y Kenedy herrando ganado. Todos sabemos que le ponen su hierro a cualquier animal que se encuentran, aunque ya esté herrado. Además, este es buen ganado; ¿por qué Garza lo vendería? ¿Por qué Vela y Vázquez no se lo ofrecieron a sus jefes?

—Como seguramente saben —intervino Glaevecke—, los Garza han tenido problemas de fluidez desde que decidieron quedarse en el lado sur. Si yo adquirí este ganado simplemente fue porque hice mejor oferta.

Tomás miró a Glavecke con desconfianza. "Todo esto está muy raro", apuntó Cabrera, brincando la cerca para examinar de cerca el ganado.

—King acaba de comprar la propiedad de Mendiola por dos cacahuates y, ahora, los Garza venden su ganado barato en México. Este ganado es sano y fuerte, agregó acariciando a una de las vacas.

Cheno también brincó la cerca para examinar a los animales.

—Efectivamente, son buenos ejemplares. ¿Tienes el recibo que compruebe que los Garza lo vendieron?

—Por supuesto —contestó Glavecke con una forzada sonrisa en el rostro—. Vázquez le entregó cien pesos en oro por el lote. Aquí está el recibo.

—Si es así, haremos trato —dijo Cheno—, compraré 50 vacas con la condición de que Tomás las escoja. ¿Estás de acuerdo?

—Claro que sí, contestó Glavecke extendiendo su mano derecha.

Sonriendo, Cheno y Glavecke cerraron el trato con un vigoroso apretón de manos.

—Espero que estés seguro de lo que has hecho, le dijo Tomás a Cheno al retirarse.

—Sí, lo estoy. El ganado está en buenas condiciones y tiene el recibo. Además, a pesar de todos los rumores, mamá le tiene confianza, así que yo también confiaré en él. Págale lo acordado, respondió Cheno.

—Vamos a donde Catchel para disfrutar de una buena taza de café, agregó.

—Ah, como siempre, nos has preparado un excelente café, expresó Tomás al dueño del lugar, levantando su taza de café hábilmente mezclado con azúcar y canela. La cafetería de Catchel situada en la esquina del recién construido mercado en el centro de Brownsville, era el punto de reunión para los habitantes del pueblo.

—Gracias, contestó Gustavo Catchel satisfecho—. Me da gusto servirles. Por cierto, hay rumores de que los hermanos Cortina apoyan al movimiento separatista. ¿Es cierto eso?

—Así es —confirmó Chema—, debemos defender lo que es nuestro —enrojeció al hablar—. Muchos de los que recién llegan alegan que las tierras no tienen dueño, están a disposición de quien las tome.

—Sin embargo —objetó Catchel—, ustedes hacen negocio con Stillman, King, Kenedy y otros, que se han aprovechado de la difícil situación por la que atraviesan muchos de los mexicanos que han decidido quedarse.

—Tienes razón —intervino Cheno—, lo hemos hecho porque primero debemos de asegurar la validez de lo que legalmente nos pertenece; aunque admito que al hacerlo hemos dado validez a sus negocios —sorbió su café—. ¡Aahh!, muy buen café, ratificó lo dicho por Tomás, sonriendo. Luego, continuó:

—Sin embargo, ya hay una comisión que está investigando todo esto. Empezaron en Laredo y pronto llegarán acá. Espero que sus conclusiones sean respetadas y, al mismo tiempo, se haga respetar lo pactado en el Tratado de

Guadalupe Hidalgo —su tono endureció—. Si no es así, lucharemos por independizarnos.

—Espero que no lleguemos a eso —opinó Chema—. Estoy seguro de que la comisión reconocerá que lo que los mexicanos pedimos es justo. De no ser así, muchos caerán en las garras de los abogados recién llegados del norte.

—De ninguna manera permitiremos que se aprovechen de nosotros. Defenderemos nuestros derechos; pero hay que hacerlo por el camino de la legalidad, es por eso por lo que debemos participar en la política, para asegurarnos de que los candidatos que abogan por los nuestros sean quienes ganen, intervino Cheno con firmeza.

—Ahora que tocas el tema, Cheno —lo interrumpió Catchel—, James Brown y Stephen Powers han estado preguntando por ti —pausó para pedirle a uno de sus empleados que tomara la orden de un nuevo cliente. Era la hora de mayor concurrencia—. Parece que Jaime quiere pedirte que lo apoyes para ser *sheriff* y ya sabes que Stephen planea lanzarse para ser el alcalde, también quiere tu apoyo.

—Ninguno de ellos me inspira confianza —dijo Tomás en voz alta—. Esos son gringos, y como gringos, sólo les interesan los gringos. A mí, como a muchos otros, me gustaría ver a uno de los Cortina ocupando esos puestos.

—Algunos de los presentes aplaudieron al escucharlo. Francisco Iturria y José San Román, dos ricos empresarios, ahora avecinados en Brownsville, se encontraban entre los comensales. Se voltearon a ver y encogieron sus hombros con desdén.

—Bien sabemos que en las circunstancias actuales eso no es posible —dijo Cheno mirando hacia la mesa en que Iturria y San Román estaban—. Pero, cuando menos debemos organizarnos para que sean electos aquellos que sabemos respetan a los nuestros; no sólo a los ricos, sino también a los peones, los vaqueros, los que menos tienen. Debemos proteger no sólo los intereses propios sino también los de nuestra gente, dijo en voz alta para que todos lo oyeran.

Iturria volteó a verlo:

—Cheno, toda tu vida has sido un rico hacendado. Gracias a eso desde niño te la has pasado perdiendo el tiempo con los vaqueros, domando caballos salvajes, cazando y metido en toda clase de pleitos. En cambio, hay quienes hemos tenido que trabajar muy duro para tener lo que ahora tenemos. Así que lo mejor para todos es dejarnos de sueños y poner los pies en la tierra. El respeto se gana trabajando duro y adaptándose a las circunstancias.

José San Román asintió moviendo la cabeza.

—Tienes razón, debemos adaptarnos a las circunstancias, pero eso no significa que pretendamos no ver cómo muchos de nuestros conocidos son robados, explotados y humillados, eso no lo toleraremos. Esa es la razón por la cual apoyamos al movimiento separatista —refutó Cheno—. Espero que nos apoyen en la lucha por la defensa de nuestros derechos.

—Dejemos que cada uno haga lo que su conciencia le dicte, replicó San Román.

En sus recién estrenadas oficinas de la calle Elizabeth, Stillman ofreció habanos a sus invitados:

—Caballeros, les he invitado para discutir sobre la elección del nuevo *sheriff* —apuntó hacia donde Henry Khan estaba sentado; un tipo robusto cuyas sonrojadas mejillas delataban su gusto por el whiskey—. Todos fuimos favorecidos cuando Henry ocupó el cargo de juez del Condado, continuó Stillman, así que lo propongo como nuestro candidato a *sheriff* del Condado.

—Todos le debemos algún favor —secundó Samuel Belden lo dicho por Stillman—. Definitivamente, estoy a favor de su nominación.

—Así es, nos ha facilitado hacer buenos negocios; además, es severo con la gentuza sin quehacer. Él es, sin duda, la mejor opción, complementó William Neale.

—¿Hay alguno de ustedes que no esté de acuerdo?, inquirió Stillman, mirando a todos los presentes. Todos los presentes se limitaron a aspirar de sus habanos o beber de su copa.

—Me alegra que todos estemos de acuerdo, Henry Khan será nuestro candidato a *sheriff* —satisfecho fumó de su puro antes de continuar—. Es bueno que sepan que es probable que James Brown también aspire al mismo puesto; pero, si lo sabemos plantear, no nos debe dar mayor problema.

—Quien se está convirtiendo en un problema para algunos de nosotros es Cortina —intervino Mifflin Kenedy—. Además de estar asociado a Stillman, él y Richard King, su socio, monopolizaban el transporte por el río —el humo de los puros menguaba la de por sí tenue luz del atardecer—. Está aprovechando su influencia con la mayoría para convencerlos de que voten por candidatos que no favorecen a nuestros negocios. Él cree que debemos tratarlos como iguales, al mismo nivel que nosotros, sus vencedores, agregó con disgusto.

—No debemos dejar duda de quién ha resultado vencedor en la guerra —intervino el mayor Chapman—. Algunos, como Pancho y José —apuntó a los empresarios mexicanos presentes—. Lo han entendido y se ocupan sólo de sus negocios. Otros, como Cheno y Chema, se hacen ilusiones.

Neale retomó la palabra:

—Estos son buenos tiempos para quien sepa aprovecharlos. Hay muchas oportunidades para hacer fortuna. Grandes extensiones de tierra han quedado disponibles, ahí están para quien quiera apropiárselas. También hay mucho ganado que pasta libremente, sin herrar, para quien lo tome. Pero, primero debemos de poner en su lugar a los mexicanos que no quieren aceptar que hay nuevas leyes y esperan aferrarse a sus tierras. Y a gente como Cheno y su hermano, que piensan que, porque los mexicanos son mayoría, pueden tomar el control.

—Adolfo me ha propuesto un plan para deshacernos de Cheno Cortina —intervino Richard King—. Ya está en marcha, pero para continuar con él necesitamos de su autorización. Esto es algo en lo que todos necesitamos estar de acuerdo.

—¿De qué se trata?, preguntó Stillman, inquieto, meciéndose en su silla. Espero que no haya nada sucio, pensó.

—Adolfo, es tu idea, por favor explícales, dijo King mirando a Glavecke.

—Es simple —comenzó Glavecke limpiándose el sudor de su frente con un pañuelo en la mano izquierda—, Cortina es líder de un grupo dedicado al abigeato en ambos lados del río.

—¿Cómo sabes eso? —preguntó Iturria, un poco exaltado y sorprendido—. Todos sabemos que no tiene ninguna necesidad de robar.

—Eso es lo que todo mundo piensa —replicó Glavecke sonriendo con cinismo—. Pero, resulta que sabemos con certeza que está en posesión de cincuenta cabezas de ganado, mismas que hace un par de semanas los Garza denunciaron como robadas en México.

—Si eso fuese verdad, ¿cuál es la necesidad de tanto sigilo?, preguntó Iturria limpiando el sudor de su frente.

—Es porque, en realidad, Cheno mordió el anzuelo —explicó King—. Cortina compró el ganado que Adolfo le ofreció. Ahora, lo que sigue es hacer creer a los Garza y a toda la población que Cortina se dedica a la compraventa de ganado robado —cínicamente sonrió mirando a Kenedy, su socio—. De hecho, Miflin y yo acabamos de recuperar doscientas cabezas que Cortina nos robó —tocó amigablemente a Kenedy en el hombro—. ¿No es así, Miflin?

Kenedy asintió dubitativo.

—No me gusta. Esto no es honesto. No cuenten conmigo, dijo Iturria disgustado.

—Todo lo que tienes que hacer es quedarte callado, dijo Stillman en tono firme y mirada amenazante, asegurándose de que Iturria entendía lo que le convenía.

—Me quedaré callado, replicó Iturria mirando al piso.

—Ustedes sigan con su plan —dijo Stillman dirigiéndose a King y Glavecke—. Nosotros no sólo respaldaremos su versión, sino que, además, correremos la voz —volteando a ver a los presentes, concluyó—, corran el rumor, ya llegará el momento de dar el golpe final. Por lo pronto, concentrémonos en las próximas elecciones y que Henry sea el nuevo *sheriff*.

Un par de semanas después, en el recién construido Palacio Municipal, cerca de setenta hombres respondieron a la convocatoria para elegir al *sheriff*. A pesar de la brisa marina, todos sudaban copiosamente. Para ayudar a mitigar el intenso calor, jarras de agua de tamarindo, limón y jamaica estaban dispuestas para quien deseara refrescarse. Además, había tequila y sotol.

—Como ustedes saben, estamos reunidos para elegir nuevo *sheriff*, comentó Jerry Galván en su función de líder de la reunión. Jerry Glavine, de origen irlandés, avecindado en Matamoros por varios años, había cambiado su apellido para darle sonido hispánico; socio de Stillman por todo ese tiempo.

—Todos conocemos a los candidatos. Por un lado, Henry Khan —señaló Jerry hacia donde Khan estaba, éste alzó su mano en señal de saludo—, por el otro, James Brown —apuntó hacia donde éste se encontraba, también levantó su mano para saludar—. ¿Alguien desea decir algo en favor de los candidatos antes de proceder a la votación?, agregó Galván.

—Sí —Samuel Belden pidió la palabra poniéndose de pie—. Todos sabemos que Henry —señaló a Khan— es el más indicado para este trabajo. Él es duro con los criminales y cuando fue el juez del Condado, los negocios prosperaron.

—Es decir, duro con los peones mexicanos y bueno para los negocios de Stillman, alguien dijo en voz alta.

Stillman le hizo una señal a Glavecke quien, a su vez, replicó moviendo la cabeza a dos tipos apostados a la entrada; éstos caminaron en dirección a donde la voz había provenido.

—Señor coordinador —intervino William Neale, comerciante inglés, otro de los muchos socios de Stillman; dueño del servicio de diligencias entre Puerto Isabel y Brownsville—todos conocemos a los dos candidatos; no hay necesidad de discusión. Propongo que pasemos a la votación.

Se escuchó el galope de caballos llegando al recinto.

—¿Hay alguien que desee decir algo antes de pasar a la votación?, preguntó Galván.

—Sí, a mí me gustaría dar mi opinión, dijo uno de los recién llegados. La tenue luz de las lámparas impedía ver de quién se trataba.

—Por favor, identifíquese, camine hacia la luz para que podamos verle, dijo Galván.

—Todos aquí me conocen, pero, por si hay alguna duda, soy Juan Nepomuceno Cortina Goseascochea, respondió Cheno caminando hacia la luz. Sus botas dejaban un rastro de lodo y estiércol al avanzar. Sesenta vaqueros lo acompañaban.

Preocupados, los hombres de Stillman se pusieron de pie. Se respiraba tensión.

—Amigos —dijo Cheno cuando llegó al frente— nos hemos reunido para elegir a quien será nuestro próximo *sheriff*. Estoy de acuerdo con que necesitamos a alguien que sea duro con los criminales, pero con los verdaderos criminales y, a la vez, justo con nuestra gente. Que haga justicia para quienes son ricos y poderosos, pero que principalmente haga justicia para los vaqueros, los peones, campesinos, los humildes. De los candidatos, el que ha demostrado ser verdaderamente justo y honesto es nuestro buen amigo Jaime —Cheno señaló hacia Brown, quien se puso de pie sonriendo y saludando con la mano derecha. Se escucharon aplausos y gritos de entusiasmo—. Ahora sí, pasemos a la votación, dijo

Cheno dirigiéndose a Galván, mostrándole su bien alineada dentadura.

James Brown fue electo por abrumadora mayoría. Agudos gritos, semejantes a aullidos, celebraron el resultado.

"Viva Cheno Cortina", alguien gritó. Visiblemente disgustados, Stillman y su grupo abandonaron el salón.

Alguien dejó ir un fuerte grito de felicidad, muchos otros le siguieron. Sonriendo, feliz, Cheno se sumó lanzando un potente grito, semejante al aullido de un lobo.

CAPÍTULO
VI

~~oo~~

Jesús Sandoval terminó de juntar los huevos de su granja. Tras asegurarse de que tanto los caballos como las vacas tuvieran agua y alimento, se dirigió a su humilde choza. Su mujer e hijos le esperaban. El humo proveniente de la chimenea anunciaba que la cena pronto estaría lista. La bruma del atardecer no impedía que, a la distancia, pudiera divisar las luces de las casas en Brownsville. Satisfecho, Sandoval sonrió, la vida lo trataba bien.

Recién lo habían nombrado asistente del *marshall*; además, su ranchito proveía con el sustento diario para su familia y algo más para vender en el mercado; por si fuera poco, el señor King lo había contratado para formar parte del equipo de seguridad de su rancho. Todo ello era más que suficiente para mantener decorosamente a su familia. Al entrar en la cabaña, besó a María, su esposa, y a sus hijos Chuyito y Josefa. Contento, se sentó a disfrutar de la cena.

"La victoria de los americanos ha sido buena para nosotros, nos ha ido bien desde que ellos llegaron", comentó con su esposa; "es mejor trabajar para ellos que para esos arrogantes hacendados mexicanos. Los señores King y Kenedy están ahuyentando a muchos de los mexicanos que decidieron quedarse, eso me parece bien; de hecho, me gusta ayudarles". Su esposa esbozó una sonrisa. "Me dicen *kasus*, pero eso no me molesta".

De pronto, sonidos extraños llamaron su atención. Algo así como una combinación de sonidos de animales, seseo de serpientes, ladridos, aullidos leves, como si se comunicaran entre sí. Inquieto, Sandoval se incorporó con intención de tomar su rifle; pero, antes de que lo alcanzara, la puerta se abrió violentamente, dando paso a un grupo de apaches mezcaleros. Sandoval quiso reaccionar, pero un fuerte golpe en la cabeza se lo impidió. Lo último que alcanzó a escuchar fue el grito de Chuyito pidiendo auxilio.

Para cuando abrió los ojos, estaba solo. No tenía idea de cuánto tiempo había transcurrido. Mareado, miró alrededor. Su esposa, hijos y casi todos sus animales habían desaparecido. "María, Chuy, Josefa...", gritó angustiado. No encontró respuesta. Como pudo salió de la choza a buscarlos.

En cuanto salió, a la distancia vio que un grupo de jinetes cabalgaba en dirección a él. Al acercarse, reconoció a Cheno Cortina, Antonio Tijerina y al *sheriff* Brown, entre otros.

—Escuchamos los gritos apaches. ¿Qué ha pasado, Chucho?, preguntó Tijerina en cuanto arribaron.

—Sandoval relató lo acontecido y pidió su apoyo para ir al rescate de su familia.

—Aún es temprano —dijo Cheno—. No pueden estar lejos. Si partimos ahora, les daremos alcance.

—La noche es oscura. Ellos conocen el terreno mucho mejor que nosotros —el *marshall* Shears objetó—. Además, esto le compete al ejército. Propongo que esperemos al amanecer y dejemos que ellos se hagan cargo.

—No hay tiempo que perder. Si no actuamos de inmediato, abusarán de María y venderán a los niños como esclavos; o peor aún, a los comancheros —insistió Cheno—. Quienes no tengan miedo, síganme. Debemos darles alcance esta misma noche.

—Cuenta conmigo, dijo Tijerina poniendo su caballo junto al de Cheno.

—Sabes que siempre estoy contigo, Tomás Cabrera también se adelantó. El *sheriff* Brown y casi todo el resto del grupo se les unió. Sólo el *marshall* Shears y otros dos se negaron. Cheno puso a Palomo a galope, los demás le siguieron.

La noche era particularmente oscura. Los repentinos resplandores de una tormenta eléctrica y los aullidos de lobos a la distancia presagiaban dificultades. Poco después de la medianoche, divisaron el campamento apache. Cheno sintió su pulso acelerarse. "Ojalá que hayamos llegado a tiempo", pensó. Desmontando, hizo una señal al resto pidiéndoles que guardaran silencio.

Casi por instinto, Cheno reconoció el terreno. Se percató de que los apaches habían escogido bien el sitio para acampar. Donde estaban, el río, turbulento, hacia una pronunciada curva, de tal manera que el campamento quedaba casi completamente rodeado por agua; sólo había una vía de acceso, lo que facilitaba su defensa. Afortunadamente para Cheno y su grupo, por esa misma razón, los mezcaleros no se preocuparon mucho por vigilancia. Un guardia solitario dormitaba plácidamente.

Despacio, muy despacio, paso a paso, tratando de no hacer ruido y despertar al único guardia; el grupo avanzaba. A señas, previendo que los apaches tratarían de escapar, Cheno dividió al grupo en dos. Cuando estuvieron lo suficientemente cerca, Cheno indicó ponerse pecho a tierra y avanzar así los últimos metros. Lenta y silenciosamente llegaron donde el guardia estaba.

En cuanto llegaron, Cheno notó que Sandoval temblaba apretando los dientes; los ojos brillantes por la apenas contenida rabia. Cheno se dio cuenta que no podría contenerse. Antes de que pudiera hacer algo para evitarlo, con un aullido furioso, Sandoval se abalanzó, cuchillo en mano, sobre el guardia. Le cortó el cuello con tal destreza que la cabeza del guardia cayó sobre su pecho sin emitir sonido alguno. Pero el aullido de Sandoval despertó al resto de los apaches. Saltando de sus lechos, tomaron sus armas y se dispusieron a pelear.

Fue una cruenta batalla, sin misericordia. Ambos grupos sabían que no quedaría un sólo sobreviviente del bando perdedor. Notando que eran atacados por dos frentes, los apaches trataron de huir, pero el lugar que habían escogido frustró su escapatoria. Algunos apaches, usando a sus prisioneros como escudos, trataron de huir por el río; murieron ahogados, el resto murió peleando.

Vencidos los apaches, el grupo se dio a la búsqueda de la esposa e hijos de Sandoval. Encontraron a los niños en los brazos de un mezcalero, degollados. María yacía a un lado, el pecho sangrando. Viéndolos, Sandoval cayó de rodillas, estalló en llanto. Lloraba y gritaba con tal fuerza que Cheno, con los puños apretados, tratando de contener el llanto, sintió un escalofrío recorrerle la espalda. Algunos de los hombres lloraban en silencio.

—Chucho —Tomás intentó consolar a Sandoval, poniéndole una mano sobre el hombro.

—¡Déjenme solo!, gritó Sandoval furioso, moviendo el hombro. Aún de rodillas, miró con odio y rabia en su mirada a todos los que le rodeaban.

—Nunca podré perdonarles lo que han hecho —agregó con rencor—. A partir de hoy, todos los indios, todos los mexicanos, son mis enemigos. Pagarán caro lo que han hecho conmigo y con mi familia —barrió con la mirada a todos los presentes. Lágrimas en su rostro, sangre en sus manos; sus ojos negros intimidaban—. Algún día podré vengarme de mis enemigos, sentenció clavando la mirada en Tomás.

—Chucho, el dolor te confunde —intervino Tijerina en un tono conciliatorio—. Todos los aquí presentes somos tus amigos; lo hemos sido desde niños —extendió su mano hacia Sandoval, quien respondió escupiéndola y brincando hacia atrás, se puso de pie.

—Cabrones, ustedes no son mis amigos, nunca lo han sido —Sandoval vociferó—. Te aborrezco a ti, a ti, a ti… —agregó apuntando a varios de los presentes—. Los aborrezco a todos, siempre los he aborrecido, ahora ya no tengo razón para pretender otra cosa —el rostro abotagado, un color púrpura en sus mejillas. Cual perro rabioso, saliva espumeaba de su boca—. Me vengaré, para mí todos ustedes no son más que cerdos, escupió en dirección a ellos.

—Dios y el tiempo demostrarán lo equivocado que estás —dijo Cheno en un tono conciliatorio—. Sentimos mucho lo que ha pasado con tu familia. Si estás de acuerdo, te ayudaremos a llevarlos al cementerio para que tengan cristiana sepultura y descansen en paz.

—¿Descansar en paz? —Sandoval gritó, fuera de sí para luego reír de forma histérica…, una risa aturdidora, llena de dolor— ¡Ya les dije que me dejen solo! —aulló—¡Lárguense antes de que los mate!

Un niño mexicano corría por las calles lodosas. Era tanta su prisa que uno de sus huaraches salió volando. Tras recogerlo, siguió su carrera; no paró hasta llegar a la recién construida casa de ladrillo de Charles Stillman, ubicada en la calle Washington. "Señor Stillman, señor Stillman", el niño urgía golpeando la pesada puerta de madera fina. "¡Señor Stillman, señor Stillman!", repetía con urgencia.

—¿Qué pasa? ¿Por qué golpeas así la puerta?, preguntó Stillman disgustado al abrir la puerta; despeinado, con la camisa desabrochada.

—La tienda, señor Stillman, han robado la tienda —dijo el niño, tratando de tomar aire—. El señor Belden me ha mandado a avisarle.

—¿Qué dices? —casi gritó Stillman, sorprendido—. ¿Qué es lo que ha pasado?

—No sé, señor —el niño contestó—. Cuando el señor Belden abrió la puerta, inmediatamente me mandó a que viniera a avisarle. Han robado en la tienda.

Stillman se quedó viendo al niño; con las cejas fruncidas, pasó su mano por su frente, preocupado.

—Corre de regreso y dile a Samuel que estaré allí en cuanto termine de vestirme —dijo después de un momento. Sonrió, amigablemente—. Y amárrate bien ese huarache —agregó apuntando a los pies del pequeño. Sacó una moneda del bolsillo de su pantalón y se la dio al niño—. Para ti, disfruta de una raspa de nieve en mi nombre.

—Quien haya hecho esto, lo pagará muy caro, Stillman pensó mientras terminaba de vestirse.

Diez minutos después, Stillman se abrió paso entre la muchedumbre que se arremolinaba enfrente de la tienda tratando de enterarse de lo ocurrido. "¿Qué es lo que se han robado Samuel?", le preguntó a Belden en cuanto cruzó la puerta.

—Se llevaron los 45 Remington que recién recibimos de Nueva Orleans; cincuenta cajas de balas, 12 sacos de harina, 19 de sal y 15 cajas de clavos, Belden reportó.

—Marshall, ¿tiene alguna información?, Stillman le preguntó a Shears, quien examinaba una cuerda colgando del techo. Un agujero mostraba por donde el ladrón había entrado.

—Afortunadamente así es —replicó Shears—, Juan Contreras dice que vio a dos mexicanos saliendo del callejón trasero. Cree haber reconocido a uno de ellos, es uno que vive en una ranchería cercana —escupió el tabaco que masticaba—. En cuanto termine aquí, voy a ir a ese lugar. Ya sabemos que los mexicanos se protegen entre ellos; por eso llevaré a *kasus* Sandoval conmigo —esbozó una sonrisa sarcástica—. Él sabe hacer que los pájaros canten.

—Bien, muy bien. Espero resultados y pronto. Habrá una buena recompensa, dijo Stillman con mirada seria.

Unas horas después, al atardecer, el *marshall* Shears, Sandoval, William Neale y otros destrozaban las humildes chozas de una cercana ranchería. Todos los varones, algunas mujeres; jóvenes y viejos por igual, fueron brutalmente azotados. La mayoría no tenía idea de la razón de la violencia y el castigo. Unos pocos dijeron conocer a alguien asociado con bandoleros. Aunque dijeron no saber más, Sandoval les pasó una soga por el cuello, y otra más alrededor de los pies. El extremo de cada soga atado a caballos. Con maestría, Sandoval controlaba a los caballos para que jalaran apenas lo suficiente para tensar el cuerpo de los desafortunados. El método pronto rindió los frutos esperados.

Dijeron que los responsables del robo eran de El Ranchito, un poblado al sur del río. Juan Chapa era el líder. En su huida, los ladrones habían parado en el pueblo para descansar y dar de beber a los caballos; se jactaron de haber robado a uno de los gringos que se enriquecía a costa del trabajo de otros. Apenas obtuvo la información que deseaba, Sandoval permitió que los caballos jalaran con fuerza; los desafortunados aullaron de dolor, seguido, casi al instante, de sepulcral silencio. Shears, Sandoval, Neale y el resto del grupo regresaron a Brownsville, dejando que los vivos se hicieran cargo de los muertos.

—Así que Juan Chapa es el responsable —dijo Stillman frotándose la barbilla—. De El Ranchito, mph, he pasado por allí —murmuró—, pero, ¿están seguros?

—*Kasus* sabe cómo hacerles hablar. Su método no falla, replicó Shears sonriendo cínicamente.

Si es así, ve con tu gente a ese lugar y muéstrales que el crimen tiene castigo. En cuanto a Juan Chapa, lo quiero vivo —ordenó Stillman con voz firme—. Lleva contigo a Kasus, sus servicios parecen ser útiles, agregó tras una pausa.

Días después, El Ranchito ardía en llamas. Shears y su gente dispararon a todo lo que se moviera. Sólo Juan Chapa quedó con vida; con su rostro casi irreconocible, amoratado, hinchado, lo llevaron a Brownsville.

—Así que tú eres Juan Chapa, el imbécil que pensó que podía robarme con impunidad, dijo Stillman en cuanto lo tuvo enfrente.

—Señor, no sé de qué me habla —asustado, los ojos anegados, Juan Chapa replicó—. Nunca he robado, ni a usted, ni a nadie. Por favor, créame, soy un campesino que sólo quiere vivir en paz, insistió llorando como un niño.

Shears lo pateó.

—Confiesa, ¡¿quiénes son tus cómplices?!, le gritó abofeteándolo.

—Señor, ya se lo he dicho. No sé nada de un robo, respondió Chapa, aun sollozando.

—¿Cuál es tu nombre?, Stillman le preguntó.

—Juan Chapa Guerra.

—Todo un poblado te ha señalado como el responsable. Confiesa, di quiénes son tus cómplices —dijo Stillman en tono amistoso—. Si lo haces, te prometo que tendré compasión.

Chapa se arrojó a los pies de Stillman, abrazando sus piernas: "Por favor, créame, se lo ruego, no sé nada de ese robo ni de cualquier otro".

—Será como tú quieras, dijo Stillman con desprecio, empujando a Chapa con violencia; quien se encogió sollozando, asustado.

—Será mejor que *kasus* lo interrogue, Stillman añadió, dirigiéndose a Shears, quien asintió moviendo la cabeza.

Dos semanas después, Shears se presentó en la oficina de Stillman, se le veía preocupado.

—¿Puedo hablar con el señor Stillman?, le preguntó al empleado sentado detrás de un escritorio. El empleado hizo una señal, indicando que esperara y se dirigió al privado. Momentos después, regresó y le hizo una señal a Shears para que pasara.

—Señor Stillman, tengo algo importante que decirle, pero quizá sea mejor esperar a que esté solo, dijo Shears al entrar, notando que Stillman estaba acompañado.

—No hay razón para eso, tanto William como el reverendo Hiram son de mi entera confianza, Stillman replicó apuntando hacia William Neale y al reverendo Hiram Chamberlain, quienes le acompañaban.

Dubitativo, Shears se frotó las manos en los pantalones.

—Es que sucede…, aun dudando, nervioso, se frotó la mejilla.

—Vamos, di lo que tienes que decir. No nos hagas perder el tiempo, Stillman lo recriminó, impaciente.

Aun dudando, Shears se mojó los labios: "Sucede que en Monterrey capturaron a un tipo vendiendo rifles Remington y municiones robadas. Lo detuvieron porque, borracho, jactándose del robo, mató a uno que lo acusó de ser líder de una banda de forajidos".

—¿Y qué tengo yo que ver con eso?, Stillman preguntó.

—Su nombre es Juan Chapa García. Confesó a las autoridades en México que lo que vendía era producto de un robo en Brownsville, en la tienda de su propiedad —continuó Shears, casi murmurando, como disculpándose—. Parece que hemos ajusticiado a un hombre inocente.

—Bah, no hay mexicano inocente. Todos son insolentes, de una raza inferior a la nuestra —intervino el reverendo

Hiram—. Lo que ustedes hicieron fue darles una merecida lección. Así es como aprenderán. —Neale movió su cabeza, asintiendo.

Stillman frotó su barbilla como era su costumbre cada vez que algo le inquietaba.

—La noticia corre por todo el pueblo —Shears retomó la palabra—. Muchos mexicanos están disgustados, Iturria y San Román, entre ellos.

—¿Te acuerdas del asunto de Somerville?, Stillman le preguntó súbitamente a Shears.

—Sí lo recuerdo. Es a quien José de la Luna robó y mató no hace mucho —contestó Shears confundido— ¿A qué viene eso ahora?

—Glavecke me comentó que De la Luna conocía a Cortina y que Somerville compró las mulas que luego fueron robadas de Cortina. Ha llegado el momento de que la gente se entere de esto; y también del asunto del ganado robado a Garza —respondió Stillman—. Encárgate de eso —agregó mirando a Shears—. Ustedes corran el rumor, dijo dirigiéndose a Neale y Chamberlain, quienes sonrieron moviendo la cabeza en sentido afirmativo.

Tomás y Anastasio, junto con otros vaqueros, recorrían el rancho de Cheno recogiendo algunas vacas extraviadas. El sol de la mañana quemaba su piel; la ropa adherida a sus cuerpos por el sudor, el cielo brillante por la ausencia de nubes. Con los labios secos, a pesar de la humedad del ambiente, escoltados por los mosquitos, guiaban a los cuernos largos de regreso al rancho.

Desde el incidente de Sandoval, Tomás sufría de dolor en varias partes de su cuerpo, dormía mal y despertaba cansado, con poco apetito. Ese día, nauseado, hacía esfuerzo por continuar. De repente, a pesar del intenso calor, sintió frio, temblando, volteó para tomar el sarape y cubrirse. No lo logró; inconsciente, cayó del caballo. Su cuerpo temblaba con violencia y expulsaba un apestoso vómito negro.

Anastasio, ayudado por los otros vaqueros, lo levantó y lo llevó a su jacal. Uno de ellos montó en su caballo y galopó para avisar a Cheno, quien supervisaba el herraje de caballos recién domados. En cuanto se lo dijeron, Cheno montó en su caballo y se dirigió al jacal de Tomás.

"El vómito negro de nuevo" —pensó mientras galopaba— "¿por qué Dios nos ha mandado esta plaga de nuevo? El vómito negro mató al primer esposo de mi madre, luego a mi propio padre, ahora vuelve por Tomás. Tomás ha sido fiel, trabajó para mi padre, cuando él murió, trabajó para mi madre. Siempre ha sido honesto y respetuoso. A mí me ha enseñado todo lo que sé. Ahora es mi turno de cuidarlo, pero, ¿cómo?

Al llegar, desmontó y entró al jacal. Aun deslumbrado por el sol del mediodía, tardó en ajustar la vista a la oscuridad de la choza. Una sábana tapaba la única ventana. Al caminar, las espuelas de Cheno dejaron rastro en el suelo firme. Tomás, acostado en su lecho, sudaba copiosamente, respirando con dificultad, trató de sonreír al ver a Cheno.

—Hola, viejo. ¿Cómo te sientes?, Cheno preguntó, tocando a Tomás en el hombro.

—¿Cómo crees?, contestó Tomás. Su sonrisa fue interrumpida por un violento escalofrío y exceso de vómito. Cheno buscó un trapo. Con cuidado, apoyó la cabeza de Tomás en

88

su brazo izquierdo y con la mano derecha limpió la boca y el rostro de Tomás quien, agradecido, mostró sus dientes manchados de negro. "No te preocupes", dijo. "Soy como el mezquite, mis raíces son profundas".

En eso, Estefana y Rafaela entraron al jacal.

—Este lugar necesita luz y ventilación —dijo Estefana quitando la sábana que cubría la única ventana—. Hay otros contagiados, hay que cuidarlos a todos y procurar que no se expanda. Organizaremos a las mujeres para cuidarlos. Empecemos por evitar que les piquen los mosquitos, dijo colocando la sábana de tal manera que formaba un velo protector alrededor de Tomás.

—Necesitaremos agua fresca y limpia en abundancia. Cheno, asegúrate que los aguadores la provean constantemente. Debemos hervirla antes de beberla, Rafaela instruyó a Cheno.

El sonido de caballos aproximándose llamó su atención.

—¿Dónde está Cortina?, alguien de los recién llegados preguntó con rudeza. Segundos después, el *marshall* Shears, el *sheriff* Brown y varios otros entraron al jacal.

—Juan Nepomuceno Cortina Goseascochea —dijo Shears en voz alta y firme en cuanto vio a Cheno— se te acusa de abigeato y de participar en el asesinato y robo de John Somerville.

—¿Qué? —Estefana preguntó retadora—. ¿Quién es el cobarde que se atreve a acusar a mi hijo de semejantes crímenes?

Escuchando la acusación, furioso, Tomás intentó —infructuosamente— levantarse. "Cheno no ha cometido ningún crimen. Puedo jurarlo sobre la Biblia", dijo con voz firme desde su lecho.

Preocupada, nerviosa, asustada, Rafaela se prendió del brazo de Cheno.

—Adolfo Glavecke es quien ha presentado la acusación ante el juez Watrous —dijo Shears con voz firme—. Aquí tengo la orden de arresto.

—No iré con ustedes —dijo Cheno con voz calmada, pero firme y decidida—. Me presentaré ante el juez en cuanto esté seguro de que mi gente, contagiada por el vómito negro, sea atendida.

La noticia de la intención de arrestar a Cheno había corrido por el rancho y sus alrededores. Una multitud de hombres armados rodeaba para entonces al jacal.

—Conozco a Cortina y confió en su palabra —intervino el *sheriff* Brown—. Cheno se presentará ante el juez en cuanto su presencia sea requerida.

Disgustado, Shears se volvió hacia Brown; en eso, uno de sus asistentes le susurró algo al oído. Su expresión cambió. "Bien, Cortina" —dijo, extendiendo su mano en señal de paz, el tono de su voz ahora casi suave— "has sido informado, preséntate ante el juez en cuanto así te lo pida."

—Descuida, así lo haré, replicó Cheno sonriendo.

CAPÍTULO
VII

~~~

Durante varias semanas, Tomás sufrió de fiebre, náusea y vómito. Su cuerpo, de por sí delgado y correoso por el constante ejercicio, mostraba prominencias por doquier. Sus mejillas hundidas, pero sus ojos se mantuvieron brillantes, casi sonrientes. El agradable clima del otoño se solidarizó con la fortaleza obtenida por la dura vida de vaquero, a diferencia de cientos de almas menos afortunadas. Tomás sobrevivió.

—Viejo, tienes razón al decir que eres como el mezquite, dijo Cheno con una sonrisa en una de sus frecuentes visitas.

—Yerba mala nunca muere, dice el dicho —replicó Tomás, mostrando sus dientes, todavía manchados de negro, para luego tomar una expresión seria—. Pero, hablando en serio, yo y los demás estamos agradecidos por lo que tu mamá doña Estefana y tu prometida Rafaela han hecho por quienes caímos enfermos —levantándose para poner énfasis en sus palabras, continuó—. No sé cómo le hicieron, pero sí sé que sin su ayuda las cosas hubieran resultado mucho peor.

Aun débil, Tomás volvió a acostarse, inquieto, con los ojos cerrados. Las arrugas de su rostro se profundizaron; de repente, hizo una mueca de disgusto, abrió los ojos y miró a la distancia para decirle: "Ahora debes resolver un problema serio. Ese rufián de tu primo te ha acusado de abigeato y homicidio, todos sabemos que tú no has cometido esos crímenes. Adolfo es un asqueroso mentiroso, no sé cómo lo has podido tolerar. Tú sólo dime y lo mando a saludar al demonio".

Cheno, sonriendo, tomó la mano de su amigo:

—Gracias, pero eso no será necesario. No me será difícil probar mi inocencia. Aunque nunca perdonaré a ese rufián, como tú correctamente le has llamado —se levantó y, pensativo, caminó de un lado a otro. Al hacerlo, sus espuelas levantaron un poco el piso de tierra—. Detrás de Adolfo hay otros intentando quitarme del camino; ellos saben que las acusaciones son falsas —Cheno se detuvo y tomó asiento mirando a Tomás—. Adolfo es apenas su lacayo. Lo que ellos intentan es sembrar la duda en la población para que dejen de apoyarme en la defensa de nuestros derechos frente a sus ambiciones —bajó la cabeza para continuar con voz triste y entrecortada—. Incluso Sabas me ha dicho que cree que hay verdad en las acusaciones —acarició su barbilla, tratando de ocultar la lágrima que corría por su mejilla.

Notando su tristeza, Tomás se levantó y puso su mano sobre el hombro de Cheno:

—Sabas es ambicioso, siempre lo ha sido, pero, en el fondo, es un buen hombre, es mexicano; pero, sobre todo, es tu hermano. No lo imagino volteándote la espalda. Estoy seguro de que él también te apoyará en cuanto llegue la ocasión.

—Espero que tengas razón, pero él siempre ha tomado partido por aquellos que considera "nuestra clase" —replicó Cheno—. Sabes bien que nunca le ha parecido que Chema y yo pasemos tanto tiempo contigo y con los otros vaqueros. Siempre ha criticado mis amistades —se puso de pie—, es hora de irme. Tengo que estar listo para la audiencia con el juez —agregó esbozando una sonrisa—. Chema ha aceptado ser mi defensor. Él es el instruido en la familia…, cuídate, mi buen amigo. Recuerda que aun estás débil, así que no trates de hacer mucho. Te necesitamos bien recuperado —dando una palmada amistosa a Tomás, caminó hacia la puerta. Sus espuelas araron el suelo levantando una ligera nube.

Una semana después, Cheno y Chema se apersonaron en la corte ante el juez Watrous, situada en el segundo piso del recién construido edificio del mercado. Siendo audiencia pública, la sala estaba abarrotada. Estefana, Rafaela y Sabas entre los asistentes. Stillman, Kenedy, Iturria, San Román y Neale también estaban presentes. Cheno sonrió al percatarse que, en su mayoría, era gente común, peones, vaqueros, amigos suyos.

"Señor Glavecke…", el juez Watrous dio principio a la audiencia. Robusto, grandes ojos azules y quijada cuadrada, el juez, vestido en su negra toga y sentado detrás de su elevado escritorio, imponía respeto. "Usted ha acusado al señor Cortina de dos delitos graves. El primero de ellos, el de asesinar a John Somerville, originario de Kentucky", miró directamente a Adolfo Glavecke, sentado en el estrado de testigos. Desde donde Cheno estaba sentado, su primo se veía más chaparro y gordo de lo que era.

"…El segundo es el delito de abigeato, en prejuicio del señor Salvador de la Garza, de Matamoros, México. Empecemos por el primero. ¿Puede usted presentar ante esta Corte pruebas que incriminen al Señor Cortina?"

—Su Señoría —respondió Glavecke—. Las mulas que le robaron al señor Somerville fueron vendidas por Juan Nepomuceno Cortina quien, como es sabido por todos, acostumbra amistarse con los de abajo. Juan de la Luna fue vaquero en el rancho El Carmen, propiedad de Estefana Cortina, madre del acusado. Todos vimos a De la Luna y Cortina juntos en muchos de los saraos y bailes en Matamoros. De la Luna fue contratado para servirle de guía a Somerville. De la Luna mató y robó a Somerville por órdenes de Cortina.

—Usted sólo está hablando de amistades. No estamos aquí para juzgar las amistades de nadie. ¿Tiene alguna prueba de que Cortina formaba parte del grupo de Somerville?

—Bueno, pues, no, su Señoría, respondió titubeante Glavecke.

—¿Hay alguna prueba de que Cortina estuvo en el lugar de los hechos?

—No, su Señoría —reconoció Glavecke—. Como le he dicho, Juan de la Luna asesinó a Somerville por órdenes de Cortina para recuperar las mulas que le había vendido.

—Usted, o alguien más, ¿tiene evidencia de que las mulas regresaron a ser posesión del señor Cortina?

—Bueno, su Señoría, como le dije…, tartamudeó vacilante Glavecke.

—¡Muéstreme la evidencia!, ordenó en tono firme el juez Watrous, clavando su mirada en Glavecke.

—Bueno, su Señoría, todos sabemos de la amistad de Cheno Cortina con De la Luna, respondió tímidamente Glavecke.

Molesto, el juez Watrous se volvió hacia el *marshall* Shears: "*Marshall*, ¿tiene usted algún otro testigo?", le preguntó.

—No, su Señoría, el señor Glavecke es el único que se presentó a declarar —respondió Shears—, pero, en mi opinión...

—Cuando necesite su opinión, se la pediré —el juez lo interrumpió, volviéndose hacia donde Cheno y José María estaban sentados—. ¿Tiene algo que decir en su defensa?, les preguntó.

José María se levantó.

—Sí, su Señoría. Mi nombre es José María Cortina Goseascochea, representó la defensa de Juan Nepomuceno Cortina Goseascochea, dijo mirando al juez.

—Supongo que está usted de acuerdo, preguntó el juez a Cheno.

—Sí, su Señoría, replicó éste poniéndose de pie.

El juez, con un movimiento de su mano, le indicó que se sentara.

—Bien, le escucho, dijo dirigiéndose a José María, poniendo su barbilla sobre el cono formado por su mano derecha, el codo apoyado sobre el escritorio.

José María se adelantó.

—Fuera de que mi hermano vendió las mulas al señor Somerville, no hay ninguna otra prueba que lo relacione con los hechos. No era parte del grupo que acompañó al señor Somerville en dirección de Durango —Chema inició su defensa con tono firme—. Juan Nepomuceno Cortina nunca volvió a ver al señor Somerville o al señor De la Luna. Las mulas nunca regresaron al rancho El Carmen —Chema se volvió hacia la concurrencia—. Cuando el crimen se cometió, Juan Nepomuceno estaba buscando y domando mustengos. Hay muchos aquí que lo pueden corroborar —añadió volviéndose hacia el juez de nuevo—. Sin embargo, considerando que sólo el señor Glavecke es quien acusa a mi hermano y que no puede presentar pruebas, solicito a su Señoría que se retiren los cargos en contra de mi hermano.

"¡Bien dicho!", gritó alguien de la concurrencia mientras otros aplaudían. Cheno miró orgulloso a su hermano.

El juez golpeó su escritorio con su martillo de madera. "¡Orden, orden! ¡Otra manifestación como ésta y mando desalojar la sala!", miró pensativo a Chema por un momento para luego volver su mirada hacia Glavecke:

—Señor Glavecke, una vez más le pregunto. ¿Tiene usted alguna prueba que corrobore su acusación en contra del señor Cortina?

—Como le dije, su Señoría —respondió Glavecke tragando saliva—. Todo mundo sabe que Juan de la Luna era amigo de Cheno Cortina. Todos saben que todos los de abajo, los vaqueros y peones ven a Cortina como su líder —continuó ahora con tono despectivo—. Más de una vez vi a Juan de la Luna hablando con Cortina. Incluso antes de que el grupo de Somerville saliera del pueblo. Somerville fue hallado muerto poco tiempo después. Creo que Juan de la Luna mató a Somerville por órdenes de Cortina.

—De manera que su creencia es la única prueba que puede aportar a esta corte —dijo el juez con tono irónico—. Eso facilita mi decisión. El cargo de asesinato en contra de Juan Nepomuceno Cortina se retira.

La mayoría de los asistentes aplaudió con entusiasmo. Cheno observó como Stillman gruñía mientras murmuraba algo al oído de Kenedy. El juez Watrous se volvió hacia el *marshall* Shears: "Espero que tenga mejores testigos para el cargo de abigeato", le dijo en tono brusco.

—Así es, su Señoría. El señor Salvador de la Garza, de Matamoros, está con nosotros, informó Shears.

Salvador de la Garza, de porte distinguido, alto y delgado, abundante cabello gris, barba y bigote del mismo color, se puso de pie dirigiéndose al banquillo de testigos. Sus cortas botas, de estilo mexicano, producían un sonido agudo al caminar. Cheno sonrió. Desde su infancia había aprendido mucho de él.

—Bienvenido, señor De la Garza. ¿Entiende usted inglés?, cuestionó el juez.

—Muy poco, contestó De la Garza.

—Si lo prefiere puede usted dar su testimonio en español y un traductor lo asistirá, sugirió Watrous levantando ligeramente sus lentes y dando un sorbo a un vaso de agua.

De la Garza asintió. La traductora, una mujer de baja estatura y abundante pelo negro, se puso a su lado de frente al Juez.

—Señor De la Garza, ¿qué es lo que tiene usted que decir a esta corte?

—Ciento cincuenta cuernos largos fueron robados de mi rancho justo cruzando el río —dijo De la Garza en español—. Cincuenta de ellos fueron encontrados en el rancho del señor Cortina.

—¿Cómo sabe usted que son los suyos?, preguntó Watrous.

—Tienen mi marca de herrar.

El juez se volvió hacia donde Cheno y Chema:

—¿Tienen algo que decir al respecto?

—Su Señoría —Chema se puso de pie—, el señor Cortina compró de buena fe ese ganado al señor Glavecke, creyendo que De la Garza los había vendido a este último. ¡Si hay alguien aquí que debe ser acusado de abigeato ese es su hombre!, añadió apuntando hacia Glavecke.

El juez miró hacia Glavecke para luego volverse a mirar al testigo:

—Señor De la Garza, dice usted que cincuenta cabezas del ganado robado están en posesión del señor Cortina, pero, ¿sabe usted dónde están los otros cien del total que le fue robado?

—Bueno, señor juez —De la Garza respondió, después de titubear por un instante—, aparentemente algunos han sido vistos en los ranchos Santa Gertrudis y Los Laureles. Aunque la marca es aún evidente, ha sido alterada.

—¿Está usted acusando a los dueños de estos ranchos?, inquirió Watrous.

—La herrada ha sido alterada, sería difícil probarlo; así que no acuso a nadie, replicó De la Garza.

—Pero acusa a Cortina, intervino el *marshall*, sin autorización.

—¡*Marshall*! —gritó el juez— Ya le he dicho que cuando desee escuchar su opinión, se la pediré.

—Lo lamento, su Señoría, replicó Shears apenado.

—Continúe por favor, pidió el juez a De la Garza.

—Como le decía —De la Garza retomó la narración—. No acuso a nadie. Conozco a Cheno Cortina desde niño. Mucho de lo que él sabe sobre ganado y vaquería lo aprendió de mí. Cierto, es aguerrido, a veces un poco salvaje, pero sé con certeza que es honesto y no tiene ninguna necesidad de robar ganado —frunció el ceño, alzando la voz continuo—. Hay cientos de cuernos largos pastando libremente en las cercanías. Antes de la guerra, cualquiera podía atraparlos y herrarlos; pero ahora, unos cuantos se los han apoderado, eso no me agrada. Pero, no contentos con eso, roban el ganado de otros y contratan pistoleros para que los protejan —volteó hacia Cheno—. Le creo a Cortina cuando dice que compró el ganado de buena fe. Todo lo que pido es que lo que es mío, me sea devuelto.

—El cargo de abigeato en contra de Juan Nepomuceno Cortina se deshecha. Se condiciona lo anterior a la devolución del ganado robado a su legítimo dueño —sentenció el juez dando un martillazo al escritorio—. En su momento atenderemos el caso del señor Adolfo Glavecke por la compraventa de ganado robado —se volvió hacia Shears—. *Marshall*, lo espero en mi oficina, agregó disgustado.

Estefana y Rafaela se abrazaron, jubilosas. La mayoría de los asistentes aplaudían y vitoreaban.

Stillman se encaminó hacia donde Cheno, extendiendo su mano.

—¡Felicidades!, te has salvado de ésta, espero que hayas aprendido y no te metas en más problemas, le dijo, sonriendo cínicamente.

—Gracias —respondió Cheno tomando la mano extendida de Stillman—. Yo sólo espero que aprendamos a respetarnos mutuamente y vivir en paz.

Dos semanas después, en la madrugada, se escuchaba el rumor de canciones al pie de la ventana de Rafaela, en su casa en Matamoros. Después de la serenata, Cheno y Rafaela conversaban separados por las rejas de su ventana. Rafaela se notaba inquieta.

—¿Qué es lo que pasa? —Cheno le preguntó—. Se nota que algo te preocupa, dime. ¿De qué se trata?

—Tienes razón, estoy preocupada —Rafaela contestó—. A ambos lados del río están pasando cosas que me inquietan. Ayer, por la tarde, en Brownsville, mientras andaba de compras en el mercado, dos sujetos ebrios cantaban desentonados a todo pulmón. Se veía que estaban contentos y pasaban un buen rato. No molestaban a nadie. De hecho, la mayoría de los presentes se divertía con ellos —le tembló la voz al continuar—. Luego, llegó el *marshall* Shears con sus horribles mastines, oh, Dios, Dios, sollozó tomando y apretando la mano de Cheno.

—Calma, mi amor —le dijo él tomándole ambas manos—. Tranquilízate y cuéntame que es lo que ha pasado.

—Oh, Cheno, ¿cómo es posible que haya alguien tan cruel?, Rafaela dijo entre sollozos.

Cheno, acariciando suavemente las manos de Rafaela, guardó silencio, dándole tiempo a que pudiera continuar.

—El *marshall* soltó a los perros que se abalanzaron sobre el cuello de los pobres vaqueros borrachos, los hubieran matado de no ser porque uno de los presentes los controló —nerviosa por el horrible recuerdo, Rafaela se ruborizó, sus lágrimas hacían aún más brillantes sus hermosos ojos negros—. No contento con eso, el *marshall* ordenó a Sandoval que casi los desnudara y los azotara en presencia de todos nosotros. Ese hombre, Sandoval, está lleno de odio. Lo golpeó de una forma tan violenta que la sangre salpicó a muchos de los presentes. "Esto es para que todos entiendan que no permitiré borrachos alborotadores en este pueblo", gritó Shears.

Habiendo hablado de lo que la molestaba, Rafaela se tranquilizó, miró a Cheno con ternura.

—El *marshall* Shears ha ido demasiado lejos —dijo Cheno disgustado por lo que había escuchado—. Alguien debe de ponerle un hasta aquí; ya llegará el momento en que podamos hacerlo —se detuvo y devolvió la mirada dulce a Rafaela—. Pero, dijiste que algo ocurrió aquí, en Matamoros, agregó.

—Así es, algo no tan serio, pero sí vergonzoso, aunque gracioso para algunos, dijo Rafaela en tono serio.

—Al volver vi cómo exhibían a una pobre mujer montada sobre un burro flaco, casi la habían rapado, vestida de hombre. Humillada, la mujer lloraba.

—¿Quién era ella? ¿Por qué la trataron de esa manera?, Cheno preguntó, intrigado.

—Le pregunté lo mismo a mi tío que estaba presente —Rafaela contestó—. Él me dijo que la mujer es Susana Gómez, esposa del capitán Gómez, quien recientemente fue expulsado del ejército por el general Woll por sus ideas liberales. La sorprendieron distribuyendo copias de *El rayo federal*, el periódico que los liberales imprimen en Brownsville. El General Woll, quien es conservador, ordenó que la vistieran de hombre, le cortaran su largo cabello y la exhibieran paseándola en burro por el pueblo. 'Por participar en la política, que es cosa de hombres', dijeron —Rafaela se detuvo, haciendo un gesto de disgusto—. Que las mujeres no podamos participar, luchar como todos, ¡eso sí que es humillante y decepcionante! Sus ojos brillaron aun con mayor intensidad.

Divertido, Cheno soltó una carcajada.

—El general de los calzones colorados otra vez en acción. No dejes que eso te moleste. Aunque ahora tienen el control del pueblo, los conservadores saldrán pronto del poder —dijo tratando de tranquilizarla tomando sus manos con ternura y acariciándolas—. Ahora tenemos que hablar de nosotros. Tenemos que empezar a planear nuestra boda, dijo mostrando un hermoso anillo.

—Cheno, ¿estás seguro?, Rafaela preguntó emocionada al borde del llanto.

—Por supuesto, sabes que sólo esperaba a que el rancho empezara a producir. A pesar del disgusto del error de haberle comprado ganado robado a Adolfo, el rancho ha marchado muy bien. Si tú me lo permites, la próxima semana hablaré con tus padres, aunque supongo que no les sorprenderá. Me he adelantado y he hablado con el padre Nicolás. Está de acuerdo en que nos casemos en la catedral, dijo Cheno casi temblando por la emoción. Rafaela, extasiada, le escuchaba.

—Hay mucho que planear, dijo ella.

—Lo sé —replicó Cheno—. Eso te lo dejo a ti. Pero, ¿qué es lo que ahora te preocupa?, preguntó al ver que Rafaela repentinamente palideció.

—Cheno, de repente me ha entrado miedo. Tengo miedo del *marshall* Shears, es tu enemigo jurado —Rafaela contestó, tomando de las manos a Cheno—. Ese hombre es despiadado, no descansará hasta haberte causado mal. Bien sabes que tiene el apoyo de gente poderosa que tampoco te quiere bien.

Cheno se encogió de hombros.

—Eso no debe de preocuparte. Es cierto que hay gente, en ambos lados del río, que no me quiere. Pero, recuerda que tanto el nuevo alcalde y *sheriff* de Brownsville, ganaron las elecciones gracias a mi apoyo. A su vez, ellos apoyarán a Chema para que sea electo Recaudador de Rentas —con aire satisfecho, sonrió—. Poco a poco aprenderán a respetarnos —extendió la mano y le acarició la mejilla—. Éste es nuestro momento, mi amor. Empieza a planear nuestra boda.

CAPÍTULO
VIII

—Cheno, me alegra que al fin te hayas decidido a pedir la mano de Rafaela, mi hija. Nuestras familias llegaron juntas a este lugar. Juntos hemos luchado y juntos hemos prosperado. Me siento orgulloso de tenerte como yerno, comentó Félix Cortez, padre de Rafaela, cuando Cheno acudió a pedir la mano de Rafaela.

—Me siento honrado de que usted me admita a ser parte de esta familia, replicó Cheno.

Félix Cortez movió la cabeza asintiendo, evidentemente contento.

—Aunque debo de admitir que, como consecuencia de la guerra, me disgusta ver cómo nuestras propiedades han sido divididas y que nos hayan forzado a escoger un lado u otro. No me queda más remedio que aceptarlo. Entiendo la decisión de tu familia y que hayas decidido establecer tu propio rancho en la parte norte. Créeme que lo comprendo y acepto que, una vez casados, se establezcan en el rancho de tu propiedad —hizo una pausa para sorber un poco de su café—. De este lado de la frontera, gracias a los impuestos y cargas impuestas por el general Woll y los conservadores, los negocios se han ido para abajo —hizo una mueca de disgusto—. Hay muchos que se han enriquecido, gracias al contrabando que se ha incrementado como nunca. Les ha dejado buenas ganancias a los que se dedican a transportar por el río, llevan la mercancía al pueblo de Roma, Texas y, de allí, la transportan a Monterrey.

—Lo sé. Quienes trasladaron sus negocios a Brownsville, como Stillman, quien se ha asociado con King y Kenedy, los que han controlado el transporte por el río, están haciendo grandes fortunas —asintió Cheno—. Debo, sin embargo, de reconocer que a algunos mexicanos nos ha ido bien. Gente como Iturria, San Román y mi propia familia —sintiéndose como en casa, Cheno se meció en la mecedora de bejuco—. La verdad es que a los americanos no les molesta que tengamos buenos negocios. Lo que no permiten es que ocupemos puestos de influencia, cargos políticos —Cheno aspiró del cigarro puro que fumaba, para luego continuar—. Lo que está a nuestro favor es que la mayoría de la población en el valle del Río Grande es mexicana. Si nos organizamos y votamos, lo lograremos.

—Debes de tener cuidado, aunque es cierto que muchos te ven como su líder, también hay muchos, incluso entre los mexicanos, que te consideran salvaje, peligroso —dijo Félix, hablando despacio, cuidando el tono de sus palabras—. Tal vez sea mejor que seas como tu hermano Sabas, quien sólo se ocupa de sus negocios —hizo una pausa, evitando la mirada de Cheno—. La verdad es que los americanos no dejarán a ti, ni a nadie de origen mexicano, lograr ocupar cargos importantes. Si te llevas bien con ellos, es posible que te dejen tomar algunas migajas, pero nada más —levantando la cabeza, clavó su mirada en Cheno—. Te lo voy a decir con claridad. No quiero ver a Rafaela sufrir. Ocúpate de lo que es tuyo y deja que otros se ocupen de la gente menos afortunada.

Cheno lo escuchó meciéndose lentamente, aspiró el humo de su cigarro.

—No hay de qué preocuparse don Félix, sé bien cómo cuidarme y le prometo que cuidaré bien de Rafaela —le contestó sosteniendo la mirada a Félix—. Le juro que sabré protegerla; pero, usted sabe tan bien como yo que, si permanecemos pasivos, ocupados de nuestros negocios, como usted dice, nunca van a cambiar las cosas para nosotros. Seremos ciudadanos de tercera clase en lo que hasta hace poco era nuestro.

—Te conozco desde niño, eres un buen hombre; admiro y respeto tu valor. Pero, te repito, ten cuidado, mucho cuidado. Aunque tienes muchos amigos y seguidores en ambos lados de la frontera, también hay muchos que te odian y te desean mal —dijo Félix, extendiendo su brazo para dar una palmada amistosa en el hombro de Cheno—. Glavecke y Shears, entre otros, no te perdonarán la humillación que recién les has causado. Esos harán cualquier cosa con tal de perjudicarte.

—Gracias por su confianza, don Félix —Cheno dijo—. Tendré cuidado y le prometo que sabré cuidar de Rafaela.

—Bueno, suficiente del tema —dijo Félix, dando un manazo sobre su pierna—. ¿Cómo te caerían unos tamalitos con champurrado para desayunar? Tu futura suegra y Rafaela recién los han preparado.

—Encantado, Cheno replicó sonriendo.

Ambos se levantaron y se encaminaron hacia el comedor, cruzando el patio interior.

Esa noche, Tomás Cabrera se reunió con varios mexicanos en el rancho de Pedro Tijerina.

—La violencia y humillación a la que hemos sido sometido ha llegado a niveles intolerables, Tijerina inició la conversación. Entre los presentes, Tomás reconoció a Donaciano Cantú, Lázaro Garza, Inocencio Flores y otros que en su momento habían participado en el movimiento de resistencia.

—Kenedy, Stillman y King han forzado a muchos de nuestros compatriotas a vender sus tierras a precios ridículos —Tijerina continuó, sus botas producían un redoble al caminar de un lado para otro sobre el piso de madera—. Son tiempos difíciles para nosotros. No es sólo nuestra tierra y propiedad lo que nos están arrebatando, sino también nuestro orgullo y dignidad —angustiado, con sensación de impotencia, se sentó—. Pero, ¿qué podemos hacer?, sobó su rostro con la mano, su rostro reflejaba profunda tristeza.

Tomás podía palpar la sensación de impotencia, angustia y desesperación en el grupo:

—Lo que definitivamente todavía tenemos es nuestro orgullo y dignidad. Es nuestra obligación defender nuestros derechos, debemos de hacerlo cueste lo que cueste. Le duela a quien le duela, dijo, alzando la voz.

—Nos guste o no. Debemos aceptar que fuimos derrotados. Esta tierra es ahora parte de Texas —Donaciano Cantú intervino—. Tenemos que admitir que todo ha cambiado. Cierto, Stillman y los demás se están aprovechando que desconocemos las nuevas leyes; pero, tal vez lo que debemos hacer es aprenderlas y usarlas a favor nuestro.

Una carcajada generalizada se escuchó.

—Las leyes sólo funcionan a su favor —replicó Lázaro Garza disgustado—. Hace dos meses, creyendo lo que tú dices, viajé a Austin, creí que no tendría problema en demostrar que soy el legítimo propietario de la tierra que he trabajado desde niño —agregó, paseando su vista primero sobre Cantú, luego sobre todos los presentes; su labio inferior vibraba—. Antes de que pudiera siquiera abrir la boca, me informaron que necesitaría que dos 'hombres blancos' juraran que soy una persona de confianza —furioso, levantó la voz—. Prefiero perder mis tierras antes que aceptar semejante humillación —golpeó fuertemente una mesa enfrente de él—. Cierto, nosotros peleamos en contra de ellos, peleamos incluso al lado de Santa Anna en contra de la independencia de Texas. Pero, eso se los hacen incluso a los tontos que pelearon a su lado.

—Hace poco, aquí en Brownsville, Billy Neale balaceó a dos jóvenes mexicanos sólo porque uno de ellos le llevó serenata a Antonieta Morales, a quien el pretende —Anastasio Flores entró a la discusión—. Ella no lo alienta, incluso le teme, sabe lo violento que es. Aunque es de todos sabido lo que ha ocurrido, Neale se pasea como si nada hubiera pasado por las calles de Matamoros y Brownsville. ¿La ley? Bah, 'la ley' los protege. Si pudieran nos mataban a todos, disgustado escupió y pateó una silla.

—No sólo esos que ustedes han dicho, por todos lados abusan de los nuestros. Es de todos conocido como Steve Morris y otros tahúres profesionales roban impunemente en los bares, en particular, el que King y Kenedy regentean

—Severo Martínez intervino—. Todos saben que hacen trampa, inclusive han matado a varios mexicanos que los acusaron. Nadie ha hecho nada al respecto; pero si un peón o vaquero mexicano se emborracha, es castigado severamente. Todos los días roban ganado de nuestros ranchos, pero si un mexicano es visto tomando un cuernilargo que pasta libremente, lo cuelgan allí mismo, sin juicio —se encogió de hombros en señal de impotencia—. Pero, como lo ha dicho Pedro, no hay nada que podamos hacer.

—Debemos pelear con todo lo que esté a nuestro alcance, Tomás intervino de nuevo.

—Vamos, Tomás —lo interrumpió Tijerina—. Hasta tu patrón parece haber entrado al redil.

—Te equivocas —Tomás refutó—, Cheno está de nuestro lado. Lo que él propone es participar en la política y así tener control.

—Bah, la política es una pérdida de tiempo. Los gringos nunca permitirán que los nuestros ocupen cargos de importancia —Tijerina objetó—. Aunque reconozco que Cheno logró que Brown fuese electo *sheriff* y parece que logrará que Chema sea electo Recaudador de Rentas del Condado. Viéndolo bien, tal vez, ese sea el camino correcto —escrutó con la mirada a los presentes—. ¿Ustedes que opinan?

—Han matado a muchos mexicanos y los asesinos caminan libremente —Donaciano Cantú opinó—. Mientras que la persona a quien todos respetan y consideran su líder quiere jugar a la política —moviéndose de un lado para otro, se mordió los labios, pensativo—. Aunque viéndolo bien, creo que, por el momento, no parece haber mejor opción.

—Estoy parcialmente de acuerdo —Lázaro Garza intervino—. No olvidemos que, aunque Stephen Powers fue electo alcalde gracias al apoyo de Cheno, se ha convertido en el brazo legal de King. Además de tratar por el lado de la política, debemos prepararnos para pelear, si es necesario.

—Espero que no sea necesario, aunque estoy de acuerdo, debemos de prepararnos —Tijerina atajó—. Que Lázaro y Tomás se encarguen de organizar a nuestra gente.

Esa misma noche, Cheno, Sabas y Chema se reunieron para cenar en el exclusivo restaurante Barrate, situado en la esquina de Elizabeth y calle Trece; durante el día habían mostrado ganado a un grupo de hacendados cubanos interesados en comprar. Sabas había invitado a todos para discutir los detalles del negocio. Entre viandas, acordaron que Sabas y doña Estefana les venderían cuatrocientas cabezas; Cheno y José María, doscientas cada uno. El ganado sería entregado en el puerto de Bagdad, del lado mexicano, para embarcarlos rumbo a Cuba. Satisfechos, comieron y bebieron.

—¿Qué les parece si seguimos la fiesta en la taberna de King y Kenedy?, Cheno propuso a sus hermanos después de la cena.

—Vayan ustedes, yo voy a darle a mamá la buena nueva —dijo Sabas—. Nos vemos mañana.

Cheno y Chema se despidieron de Sabas con un abrazo y se encaminaron por las lodosas calles a la taberna situada en calle Levee, cercana al embarcadero. El salón de dos pisos estaba a reventar, un hedor a alcohol y tabaco, mezclado con olor de orina y estiércol emanaba del lugar. Varias chicas atendían a los comensales. Un piano y dos violines tocaban polka, varias parejas bailaban, mientras que otras parejas subían o bajaban de las escaleras. Cheno y Chema sabían de la disponibilidad de privados en el piso superior.

Al entrar, muchos de los presentes los saludaron efusivamente. Se encaminaron a una mesa vacía y se sentaron; el humo de tabaco daba al lugar un aspecto sombrío, las lámparas de queroseno apenas iluminaban, a pesar de ello, Cheno notó que las mesas de juego estaban todas ocupadas. En una de ellas, pudo distinguir a Steve Morris —conocido tahúr—, Andrés Garza —amigo de Cheno—, dos mexicanos y dos gringos obviamente recién llegados. En otra mesa jugaban dos de los cubanos con quienes recién habían cenado, dos mexicanos que no alcanzaba a identificar y uno de los tahúres profesionales, socio de Morris.

—Los cubanos están jugando con uno de esos tahúres —Cheno le dijo a Chema, preocupado—. Me temo que les quitará todo su dinero y aun no nos han pagado.

—Ya me he dado cuenta —Chema replicó—. Pero, ¿qué podemos hacer?

—Por lo pronto, me uniré a la partida, contestó Cheno al notar que uno de los mexicanos dejaba la mesa de juego.

—Bien, pero más vale que tengas cuidado. Recuerda que hay pistoleros protegiéndolos.

—Tendré cuidado. Cuídame las espaldas, le pidió Cheno levantándose y encaminándose hacia la mesa de juego.

—Buenas noches. ¿Puedo unirme a la partida?, Cheno preguntó al llegar a la mesa. Los cubanos sonrieron, haciendo espacio. El tahúr sólo hizo un gesto afirmativo.

—Cheno aproximó una silla, tomó asiento, encendió un puro y se quedó mirando al tahúr.

—Diez dólares es la apuesta de entrada. No hay límite —el tahúr le informó, sosteniendo la mirada—. ¿De acuerdo? —Cheno asintió—. Por cierto, mi nombre es Fisher, el tahúr agregó.

—Yo me llamo Juan Rodríguez —el mexicano se presentó sonriendo amigablemente a Cheno—. Vengo de Monterrey y estoy aquí por negocios.

—Mucho gusto, espero que todo le salga bien, Cheno le contestó, devolviendo la sonrisa.

—Empecemos —Fisher dijo, repartiendo con rapidez cinco barajas a cada jugador.

Las apuestas de las dos primeras partidas se mantuvieron bajas. Los cubanos las ganaron. La tercera partida fue para Rodríguez; Cheno ganó la cuarta. Para la quinta, los cubanos, entusiasmados, subieron las apuestas, Fisher ganó esta mano.

—Estas cartas se están humedeciendo, pidamos una baraja nueva, dijo Cheno, haciendo una señal a una de las meseras para que llevara un paquete nuevo.

—¿Qué hay de malo con estas cartas?, preguntó Fisher, disgustado y con un tono amenazante. Miraba desafiante a Cheno.

—Como dije, estas cartas están húmedas y se doblan con facilidad, Cheno replicó, mordiendo su puro. Sus verdes ojos parecían lanzar fuego.

Dos de los pistoleros del establecimiento, habiéndose percatado de la situación, se encaminaron hacia la mesa. Chema observó su movimiento e hizo lo mismo. Un grupo de mexicanos también se apercibieron y se unieron a Chema.

—Está bien, si eso es lo que desean, cambiemos la baraja, Fisher dijo a la vez que hizo un gesto a los pistoleros para que se retiraran.

José María llegó a la mesa, indicó a los mexicanos que volvieran a su lugar.

—Si están ustedes de acuerdo, me gustaría que las cartas las repartiera alguien que no participa del juego —Cheno dijo señalando a Chema—. Ya conocen a mi hermano —agregó dirigiéndose a los cubanos—. ¿Confían en su honestidad?

Los cubanos asintieron moviendo la cabeza. Fisher, disgustado, cerró el puño y apretó la quijada, pero, no teniendo alternativa, aceptó.

—¡Estás haciendo trampa!, de repente gritó Garza en la otra mesa.

—¡Mientes! ¡No permito que nadie me falte al respeto de esa manera!, alguien replicó en tono violento. Dos balazos retumbaron en el lugar.

Para cuando Cheno volteó hacia el lugar, vio a su amigo y compañero de la infancia en el suelo. Una pistola yacía en su mano derecha. Morris y uno de los pistoleros aun sostenían sus humeantes pistolas.

—Me llamó tramposo —dijo Morris señalando con la cabeza a Garza—. El desenfundó primero.

Cheno y Chema corrieron a socorrer a su amigo, quien, al verlos, intentó decir algo, pero falleció antes de poder articular palabra alguna.

Furioso, Chema trató de abalanzarse sobre Morris. Cheno lo contuvo, tomándolo del brazo.

—¡Eres un vil asesino!, Chema le gritó a Morris.

—Me acusó falsamente —Morris replicó encogiéndose de hombros—, le di oportunidad de que desenfundara primero, agregó.

El *marshall* Shears, acompañado por el *sheriff* Brown, arribaron al lugar. Escucharon la versión de los testigos. Al parecer, todos coincidían: Garza acusó a Morris y fue el primero en desenfundar.

—No parece haber duda de que ha sido en defensa propia, el *marshall* dijo.

—¿Es decir que, una vez más, los asesinos de un mexicano quedan libres?, Cheno casi gritó, encorajinado.

Cheno volteó hacia Brown, pidiéndole con la mirada que hiciera algo. Brown volteó hacia otro lado.

Varios días después, en casa de Rafaela, en Matamoros, un grupo de muchachas jóvenes la visitaron con la intención de ayudarle a planear la boda. "Anímate, Rafaela", Micaela, una de ellas, le proponía visitar a la vidente local para que le leyera las cartas con respecto al futuro de su matrimonio. "Será interesante saber lo que las cartas predicen para ustedes". Charlaban sentadas alrededor de una mesa de la cocina, disfrutando de chocolate con galletas recién hechas.

—Tomasa es muy certera. No hace mucho le leyó las cartas a Refugio, mi prima —Juanita secundó a Micaela—. Le dijo que antes de encontrar la felicidad, tendría que llorar por una pena profunda. Una semana más tarde, Juventino, el prometido de mi prima, cayó de su caballo y murió. Doce meses después, Refugio se casó con Tiburcio, todos sabemos lo rico que es, hoy viven felices en Reynosa.

—No sé, no me animo —Rafaela contestó—. Ya saben ustedes que no creo en brujerías ni nada de esas tonterías. Además, me preocupa lo que Cheno dirá. Más de una vez me ha comentado que todo lo relacionado con estas cosas le disgusta.

—¿Y cómo se va a enterar? —Griselda preguntó—. Anda, Rafaela, decídete, será divertido, entre risitas y bromas presionaron a Rafaela.

—Está bien, vamos. Pero sólo por diversión. No creo en esas tonterías. Pero, acuérdense, ni una palabra a nadie, mucho menos a sus papás.

—Más vale que vayamos ahora. Tomasa vive en las afueras y no es buena idea caminar por estas calles de noche, dijo Micaela levantándose.

La choza de Tomasa estaba localizada en las afueras de Matamoros; en una de las zonas más hermosas del valle, a orillas de uno de los brazos de río; en ese lugar, patos, pavorreales, garzas y otras aves, encontraban refugio. La choza era humilde, paredes de carrizo y madera, techos de palma.

Además de ser la vidente local, Tomasa era la partera del pueblo. En las paredes y el piso firme de tierra, se veían manchas de sangre. Rafaela tuvo que controlar la sensación de náusea al entrar; misma que desapareció en cuanto vio a Tomasa. Una mujer de estatura baja, complexión robusta, de mediana edad, piel color canela. Tomasa lucía sorprendentemente limpia y la choza bien ordenada. Al acercarse y aspirar el aroma floral del ambiente, la curiosidad de Rafaela despertó.

—¿Cómo puedo ayudarles?, Tomasa preguntó en cuanto entraron. Se sentó tras una mesa de madera iluminada por una lámpara de queroseno. Sobre la mesa, Rafaela notó varios juegos de baraja y un recipiente lleno de arena sorprendente-mente limpia. Un poco más allá, Rafaela observó dos camas cubiertas por sabanas recién lavadas; en medio de ellas, dos jaulas con ruiseñores y otra más con un perico parlanchín. "¿Cómo puedo ayudarles?", el perico repetía.

—Ella se une en matrimonio pronto —Micaela explicó señalando a Rafaela—. Le gustaría saber que dicen las cartas sobre su futuro.

Los ojos de un color verde amarillento de Tomasa se clavaron en Rafaela, quien sintió un escalofrío recorrerle todo el cuerpo.

—Bueno, muchachita, debo de advertirte que las cartas no mienten. He visto a muchos que no les ha gustado cuando lo que dicen no es lo que esperaban escuchar. Tú, quieres escuchar lo que en verdad dicen, ¿o prefieres sólo oír cosas agradables?, Tomasa sonrió mostrando su incompleta denta-dura. Rafaela se incomodó cuando el perico repitió: "…, sólo oír cosas agradables".

—Dígame cualquier cosa que digan, sea buena o sea mala, todo está en manos de Dios, Rafaela respondió.

—Buena respuesta. No le temes a la verdad —Tomasa dijo, aun sonriendo, tomando un juego de barajas mexicanas de la mesa. Sus manos regordetas hábilmente las barajaron—. Sin pensarlo dos veces, escoge una carta, le dijo a Rafaela exten-diéndolas frente a ella, quien obedeció.

—¡El gallo! —Tomasa anunció en voz alta—, tu novio será un buen marido. ¿Entiendes a qué me refiero?, preguntó son-riendo. Sus ojos destellaban.

116

—Sí, claro, Rafaela replicó ruborizándose; mientras, sus amigas se carcajeaban y miraban las unas a las otras, divertidas.

—Toma otra baraja, Tomasa ordenó.

Rafaela titubeó:

—No creo que continuar con esto sea una buena idea, dijo respirando con ansiedad.

—¿Acaso tienes miedo de conocer la verdad?, Tomasa le preguntó sosteniendo firmemente la baraja frente a Rafaela. Una corriente de aire frío recorrió la espalda de Rafaela, quien, intimidada por la penetrante mirada de Tomasa, finalmente tomó una carta.

—¡El caballo!, Tomasa anunció. Significa dinero y poder.

—Eso es cierto, Cheno es rico, intervino Micaela mientras las demás reían.

—Vamos, toma otra, Tomasa invitó a Rafaela, quien, como en trance, obedeció.

—¡El valiente! Significa pelea, lucha por el poder, siempre alguien pierde. Tu hombre enfrentará peligro, pero la carta indica que tendrá el valor y coraje necesario para enfrentarlo. Toma otra —Rafaela la tomó y, sin verla, se la dio a Tomasa.

—Al verla, Tomasa palideció y cerró los ojos. Rafaela de nuevo sintió una corriente de aire frío recorrer su espalda. Las demás dejaron de reír e, intrigadas, miraron a Tomasa.

—La muerte —Tomasa murmuró—. Poco tiempo después de tu boda, alguien cercano a ti, alguien a quien tú amas, enfrentará riesgo de morir o tendrá algo que ver con la muerte.

El color de las mejillas de Rafaela desapareció. Sus amigas, nerviosas y asustadas, intercambiaron miradas, sin saber qué decir.

—No quiero saber más —Rafaela, lágrimas corriendo por sus mejillas, salió a toda prisa. Sus amigas la siguieron. Tomasa sujetó a Micaela: "Me deben dos pesos", le dijo. Micaela sacó dos monedas de su bolso de seda, pagó y corrió tras Rafaela.

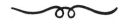

Esa misma noche, un grupo de empresarios se reunió en casa de Stillman.

—Le he pedido a Charles (Stillman) que los llamara para que todos estemos al tanto de lo que sucede —William Neale les dijo, explicando la razón de la reunión—. Desde la muerte de Andrés Garza, los mexicanos, inquietos, han provocado varios disturbios. Se quejan, además, de los métodos del *marshall* Shears para mantener la paz y el orden; entre otras cosas, la forma en que deja a Sandoval torturar para sacar información.

—Bah, Shears los trata como se merecen. Son una raza inferior, degenerados, útiles sólo para cosas simples. El *marshall* hace lo correcto, hay que poner orden —el Reverendo Chamberlain intervino—. Nosotros tenemos la responsabilidad de mantener la paz y la tranquilidad, sólo así habrá progreso. ¿Los métodos de *kasus*? Mph. Él es sólo un ángel justiciero enviado para castigar a los pecadores. Lo demuestra el hecho que él es de su misma raza.

Oyéndolo, Charles Stillman sintió náusea y vergüenza. "Tengo que tolerar a estos idiotas", pensó.

118

—Hay rumores de que buscan venganza —Neale retomó la palabra, en tono preocupado—. El nombre de Cheno Cortina se repite una y otra vez, lo ven como a su líder. Yo diría que se está convirtiendo en el hombre fuerte el pueblo. Creo que estamos a tiempo para detenerlo.

—¿Qué podemos hacer?, preguntó Francisco Iturria.

—Podemos seguir corriendo el rumor de que dirige una banda de abigeos, dijo Richard King.

—No me gusta esa idea —José San Román expresó de mal humor—. Todos sabemos que no tiene necesidad de robar ganado.

—Pero hay quienes lo creen —Stillman intervino—. Cortina puede convertirse en un estorbo para nuestros negocios. Aunque por el momento, parece ser el hombre fuerte del valle, la semilla del robo de ganado ha caído en suelo fértil —fumó de su puro, recorriendo con la mirada a los presentes para valorar el efecto de sus palabras—. Ya hay algunos empresarios en Matamoros que evitan tener negocios con él. Pero, no debemos de negar que parece ser el líder natural de esta gente y que tiene influencia; si lo permitimos, se convertirá en la figura política de mayor importancia en el valle.

—Insisto en que son una raza inferior. Tenemos la obligación de impedir que alguno de esos degenerados ocupe algún puesto de importancia; si los dejamos, todos iremos a la ruina, Chamberlain volvió a intervenir. San Román e Iturria intercambiaron miradas disgustados.

Stillman, una vez más, se sintió avergonzado. Aunque su principal preocupación era controlar el comercio en la región, confiaba en los mexicanos, sabía que cuando se comprometían verbalmente, bastaba un apretón de manos para cerrar el trato.

—Cortina y yo tenemos una cuenta pendiente —Glavecke intervino. La rudeza de su tono de voz llamó la atención de Stillman—. Me comprometo a que los rumores de abigeato en contra de Cortina continúen, Glavecke agregó.

—Incluso Sabas, su hermano, está molesto por su interés en inmiscuirse en asuntos que no le incumben, Mifflin Kenedy comentó.

—Creo que nos preocupamos casi por nada —Iturria intervino—. Recuerden que Cheno pronto se casará. Eso lo apaciguará, apuntó sonriendo.

—De cualquier manera, aconsejaría que tú y San Román se pongan en contacto con Sabas. Esa es una conexión que necesitamos mantener, dijo Stillman dirigiéndose a Iturria.

—Todo lo que ustedes han dicho es interesante, pero debo informarles que hay un asunto de mayor importancia para todos ustedes —el mayor Chapman irrumpió en la discusión juguetedando, nervioso, con su vaso de whiskey. Las miradas se concentraron sobe de él—. Ayer recibimos la orden de marchar a San Antonio, el alto mando no considera necesario mantener al ejército en el valle. El fuerte Brown se cierra en dos semanas.

—¿Qué dices? Nos dejan a merced de los mexicanos y los indios, Neale dijo en voz alta, casi saltando al hablar.

—A merced de Cortina y su gente, secundó Glavecke.

—En las presentes circunstancias, quizá eso no sea del todo malo, Stillman dijo, acariciándose la barbilla.

CAPÍTULO
IX

Antes de que los gallos le dieran la bienvenida al sol naciente, Cheno y sus vaqueros guiaban doscientos cuernos largos rumbo al puerto de Bagdad, ubicado en la parte sur del delta del Río Bravo. Las estrellas y la luna llena alumbraban el camino. Silbidos, gritos y cánticos conducían a la manada. Vaqueros expertos, conocedores del valle, conocían el río a la perfección, por lo que encontraron el sitio ideal para cruzar el ganado. Llegaron a Bagdad antes de la salida del sol. Poco tiempo después, Chema y su grupo arribaron, guiando doscientas cabezas más. Un poco más tarde, la cuadrilla al mando de Tomás llegó con los cuatrocientos cuernos largos enviados por Sabas.

Aun no amanecía y el puerto bullía de actividad, docenas de embarcaciones –provenientes de todos los rincones del mundo— descargaban o cargaban mercancía. Los barcos de vapor —pertenecientes a King y Kenedy— llevarían parte de la carga a Roma, Texas; de allí, sería transportada a Monterrey, Zacatecas o, inclusive, a la Ciudad de México. Carretas, muchas de ellas, propiedad de conocidos contrabandistas, también cargaban, algunas de ellas irían rumbo al sur, otras al norte. Los agentes aduanales de ambos lados de la frontera, encargados de cobrar los impuestos, recibían su parte.

Cientos de marineros hablaban lenguas extrañas y caminaban por las lodosas calles del puerto. La suave brisa marina ayudaba a disimular el hedor a orina, alcohol y estiércol. Humildes chozas convertidas en burdeles, bares, cafés, restaurantes o tiendas improvisadas estaban abiertas desde temprano, todas repletas; todas amenizadas por música y canciones en diferentes lenguas. Bagdad era un puerto violento, semisalvaje, pero Cheno lo disfrutaba. Poco después del amanecer, los cubanos, habiendo terminado de contar el ganado, pagaron lo convenido, cinco pesos oro por cada cabeza de ganado.

—Creo que después de aquí, llegaré donde Catchel para tomar un buen desayuno —Cheno le dijo a Chema y Tomás después de que terminaron de pagar a los vaqueros—. ¿Les gustaría acompañarme?

—No, gracias —contestó Tomás—, Sabas me ha pedido herrar los becerros y después guiar a pastar a las vacas. Pero, si te parece, nos reunimos esta noche para celebrar.

—Esta noche no puedo. Rafaela quiere que discutamos algunos detalles de la boda, replicó Cheno.

Tomás y Chema soltaron la carcajada: "Mi querido hermano, ya te pusieron la rienda", dijo Chema.

—Puede ser que tengas razón, pero me gusta —Cheno replicó también riendo—. Bueno, cuídense, agregó y puso su caballo con rumbo a Brownsville.

Mientras Palomo trotaba libremente, Cheno gozó de la hermosa mañana de verano. Desde niño disfrutaba despertar temprano y admirar la mezcla del amarillo y el naranja, colo-

122

rado y combinación de púrpuras, los colores del amanecer; al tocar el suelo, los brillantes colores, a la distancia, parecían fundir a la tierra y el cielo en un sólo ente. Cada amanecer apreciaba la maravillosa naturaleza. Observaba tanta belleza cuando sintió una extraña sensación al comprender cuan poca cosa somos ante semejante grandeza; al mismo tiempo, ello daba sentido a su vida. Esa mañana, el brillante amanecer trajo a Rafaela a su memoria. Se sintió feliz, muy feliz. Todo en la vida parecía sonreírle, todo parecía ir tal como lo había planeado. Palomo, sintiendo la alegría de su amo, también bailoteaba al trotar.

—Hey, Cheno, tienes cara de haberte encontrado una mina de oro, alguien le gritó al llegar a las orillas de Brownsville. En efecto, el reflejo del sol sobre la polvareda levantada por el trote de Palomo simulaba granos de oro.

—Mucho mejor que eso, Cheno replicó riendo.

El mercado bullía de actividad. Mujeres comprando huevo fresco, leche, frutas y vegetales. Los carniceros cortaban los filetes que serían la cena de algún afortunado. Casi todas las mesas de la cafetería de Catchel estaban ocupadas. El lugar despedía un agradable olor a huevos revueltos con salsa picante, a frijoles refritos, menudo, y, sobre todo, a café. Cheno encontró una mesa desocupada, tomó asiento y disfrutó observando la actividad a su alrededor.

—Cheno, me da gusto saludarte de nuevo. ¿Qué te servimos?, Catchel le preguntó al tiempo que limpiaba la mesa.

—El menudo huele muy bien. Sírveme un plato; dame tortillas de harina y una taza de ese delicioso café que te ha hecho famoso, contestó Cheno.

Poco tiempo después, Cheno disfrutaba del delicioso menudo cuando escuchó a alguien cantando a toda voz, una voz tan entusiasta como desafinada; al voltear, vio que se trataba de Pedro Urbina, uno de los vaqueros del rancho de su madre. Borracho, Urbina se tambaleaba al caminar. En su mano derecha danzaba una botella de tequila. Cantaba una estrofa del corrido, gritaba y echaba madres en voz alta. La mayoría de la gente se divertía observándolo, lo conocían, sabían que, aunque escandaloso, era inofensivo.

De repente, se escuchó una voz: "¡Detente ahí mismo y cállate, mendigo asqueroso borracho!"

Intrigado, Cheno volteó para ver de quién era la voz. El *marshall* Shears se encaminaba hacia Urbina y éste le miraba sorprendido.

—No quiero problemas, *marshall*, aunque estoy un poco borracho. ¿No gusta un poco?, dijo Urbina ofreciendo a Shears la botella de tequila.

Con un rápido movimiento, Shears le arrebató la botella y la estrelló contra el piso. La botella, al romperse, produjo un sonido agudo, como una sarcástica carcajada que retumbó en el oído de Cheno.

—Mi amigo, ¿por qué hiciste eso? Era tequila del bueno, Urbina le reclamó a Shears, haciendo un esfuerzo por conservar la vertical.

—En este pueblo no toleramos a borrachos escandalosos —Shears le contestó—. Estás arrestado. Más te vale no oponer resistencia.

—Pero, si no molesto a nadie. No he hecho nada malo —Urbina protestó—. No tengo por qué ir a prisión, agregó lanzando un derechazo hacia Shears, quien lo esquivó moviendo la cintura y dando un paso hacia atrás. Por la inercia del golpe, Urbina perdió el control cayendo al suelo. Antes de que pudiera levantarse, Shears lo pateó en el estómago para luego pasar su antebrazo alrededor del cuello de Urbina obligándolo a levantarse. Urbina trató de oponer resistencia, sin soltarle el cuello, Shears uso su mano libre para sacar su pistola golpeando con ella la cabeza de Urbina.

El rostro de Urbina se transformó. Su piel morena se volvió morada, una cascada rojiza se deslizaba por su mejilla, su boca arrojaba espuma del mismo color. Dos dientes amarillentos cayeron, sus ojos parecían dos sapos a punto de saltar.

—Gente sucia y maloliente, sólo entienden con golpes. Pero a ti, te daré una lección que recordarás mientras vivas, gritó Shears golpeando sin piedad el rostro de Urbina. El chasquido de huesos rotos inundó el silencio.

"Dios mío, lo va a matar", una mujer dijo, cubriéndose el rostro.

"Por favor, que alguien le ayude", otra mujer balbuceó.

Furioso, Cheno se levantó haciendo volar la silla. La mandíbula apretada, músculos tensos. Su pelo y barba rojiza, al reflejar los rayos del sol brillante, parecían arrojar fuego. El sonido musical de sus espuelas al caminar llamó la atención de todos.

—Déjalo ir —Cheno dijo en tono seco pero firme—. Ya lo has castigado bastante. Pedro es un hombre de bien. Ruidoso cuando se emborracha, pero honesto y trabajador, buen hombre de familia. Deja que lo lleve a su casa para que lo atiendan, agregó extendiendo su mano para sujetar a Urbina.

—¿Qué te has creído, mendigo asqueroso mexicano? —Shears replicó sujetando firmemente a Urbina—. Éste va a la cárcel y más te vale que no te entrometas.

—Por favor, este hombre está lastimado. Necesita ayuda —Cheno intentó de nuevo, con voz pausada, pero que a sus oídos sonó áspera y severa. Sentía la tensión de sus músculos. A punto de estallar, clavó su mirada en Shears.

Shears lo miró, burlón.

—Así que este desgraciado está lastimado, ¿eh?, dijo golpeando de nuevo el rostro de Urbina, sangre barboteó de su nariz.

Con un movimiento casi imperceptible, Cheno desenfundó y Shears se desplomó sangrando de su hombro derecho. Cheno enfundó y silbó a Palomo, que de inmediato respondió galopando hacia su amo. Casi de manera simultánea, Cheno puso a Urbina sobre Palomo, montó y cabalgó, alejándose al galope.

La mayoría de los presentes, entusiasmados, vitorearon y aplaudieron la acción de Cheno.

"¡Qué viva Cheno Cortina!", alguien gritó.

"¡Qué viva!", muchos respondieron.

Cheno cabalgó hacia El Carmen, el rancho de su madre. Una vez allí, llevó a Urbina a su choza.

—Atiéndanle bien, si necesitan algo, no tienen más que pedirlo, Cheno se dirigió a Teresa y Ramona, esposa e hija, respectivamente, de Urbina. Después de dejar a Urbina al cuidado de su familia, Cheno se encaminó hacia la casa principal. En la puerta le esperaban Estefana y Sabas.

—¿Qué es lo que ha pasado?, Sabas preguntó una vez que entraron.

Cheno alcanzó una silla y se sentó.

—Les contaré todo, pero primero agradeceré un café.

—Es una tontería lo que has hecho. Aunque debiera de decir estúpido —Sabas dijo disgustado cuando Cheno terminó de contarles lo ocurrido—. No es la primera vez que tu temperamento violento ha puesto a la familia en problemas; pero, dispararle a un *marshall* topa todo, esto es cosa seria en verdad.

—¿Y qué debiera de haber hecho? —Cheno preguntó—. ¿Quedarme allí, viendo como un hombre honesto, sin haber causado en realidad ningún problema, ¿es golpeado sin misericordia? —clavó su mirada en Sabas—. ¿Dime, tú que hubieras hecho?

—¡Nada! Eso es lo que hubiera hecho. Pedro no es un niño. Él fue quien decidió emborracharse —Sabas contestó sosteniendo la mirada de Cheno—. Yo no me meto en lo que no me incumbe. —miró a su madre y hermanas, también presentes, para luego dirigirse a Cheno de nuevo—. En las presentes circunstancias, todos nosotros debemos de hacer lo mismo. Pasamos por tiempos difíciles, debemos de agradecer a los americanos que nos permiten continuar con nuestros negocios. Tú, Cheno, sabes bien que nuestros negocios prosperan.

—Negocios, prosperidad, dinero. ¿Es eso lo único que te importa? —dijo Cheno disgustado, frustrado y molesto—. Según tú, mientras a nosotros nos vaya bien, todos los demás se pueden ir al carajo. Eso no es asunto nuestro —continuó alzando la voz, elevando y cerrando el puño. Abrió la mano y apuntó a Sabas—. Pues, para que lo sepas, creo que hay cosas mucho más importantes que negocios, prosperidad y dinero. Cosas como dignidad, honor y respeto. Permitimos que nos traten como inferiores cuando valemos mucho más que la mayoría de ellos —cerró el puño de nuevo—. Nos tratan peor que a perros callejeros y, según tú —apuntó de nuevo a Sabas—, deberíamos de estar agradecidos de comer las sobras que nos arrojan.

—Nosotros somos gente honorable, respetados por todos. Vivimos de nuestro trabajo. Nos preocupamos por lo nuestro sin pedir ayuda. ¡Los demás debieran de hacer lo mismo!, Sabas respondió, gritando, el rostro enrojecido, los músculos del cuello a punto de saltar.

—Ah, claro. Nosotros somos los hacendados, tenemos ganado, tenemos dinero, con eso viene a lo que llamas respeto. Te recuerdo que lo que tenemos es un obsequio de Dios y no es gratuito, conlleva una responsabilidad. Tenemos la obligación de velar por aquellos que son menos afortunados, contestó Cheno, poniéndose de pie. Caminaba furioso de un lado para otro. El sonido de sus espuelas era la voz de su apenas contenido enfado.

—Sabas, Cheno, por favor, cálmense, suplicó su hermana Carmen.

—En realidad, los dos tienen razón —intervino Estefana—. Dios es quien nos ha dado todo lo que tenemos. Con ello viene la obligación de ayudar y proteger a quienes son menos afortunados —dijo mirando en dirección a Sabas—. Sin embargo, nuestra primera obligación es hacia nosotros mismos y en eso Sabas es quien tiene la razón —agregó volteando hacia Cheno—. Tenemos que encontrar la manera de reconciliar ambas, terminó extendiendo sus brazos hacia sus dos hijos.

En eso, la puerta se abrió, dando paso a Tomás, quien se dirigió directamente a Cheno, abrazándolo:

—La noticia ha corrido por todo el valle —dijo riendo. Al reír, las arrugas de su rostro se suavizaron—. Es mara-

128

villoso, grandioso. Has devuelto la dignidad y el orgullo a todos nosotros. Les has dado una lección que no olvidaran —dijo, sin dejar de estrujar a Cheno—. La gente está contigo. Estamos listos, sólo da la señal y la rebelión empieza. Les mostraremos que no somos sus mascotas y no dejaremos que sigan pisoteándonos.

Separándose, Cheno tomó a Tomás por los hombros. Aunque sonriente, no era su sonrisa habitual, entusiasta, vibrante, radiante. Ésta era una sonrisa triste.

—Gracias, Tomás —le dijo—. Me alegra lo que me dices. Pero no estoy de acuerdo en iniciar la rebelión. Esta vez, Sabas es quien tiene la razón, concluyó señalando hacia su hermano.

Cheno iba a decir algo más cuando, de nuevo, la puerta se abrió; esta vez, dio paso a Chema, quien entró casi corriendo. El taconeo de sus botas sobre el piso de madera parecía cantar. Abrazo a Cheno.

—En cuanto supe la noticia me apresuré a venir. Me da gusto ver que estás bien. Dime, ¿qué haremos ahora? Sabes que te apoyo en lo que decidas, dijo Chema.

Cheno se encogió de hombros, aun sonriendo con tristeza.

—Nos quedaremos quietos —dijo—. Me voy a entregar y disculparme con Shears.

—Eso es lo correcto, te felicito, dijo Sabas. Se puso de pie y dio una palmada en el hombro a Cheno.

—No estoy seguro de que eso sea lo mejor, dijo Chema sorprendido, casi incrédulo, por la respuesta de Cheno.

—De cualquier manera, la rebelión empezará si se atreven a hacer algo en tu contra, dijo Tomás un poco enfadado.

—Espero que no malinterpreten lo que he dicho —Cheno les explicó—. No estoy renunciando a lo que creo es lo justo, seguiré luchando por defender los derechos de todos, pero creo que primero debemos de intentarlo sin violencia, por la vía pacífica. Lo haremos en el terreno de la política y la legalidad.

—Pero es justo por la vía legal que muchos de nuestros amigos, nuestros vecinos; quienes han luchado por lograr que esta tierra prospere, han sido obligados a vender lo suyo a un precio mucho menor de lo real; por esa vía, otros fueron obligados a abandonar lo que por toda su vida trabajaron, protestó Chema.

—Como te he dicho, seguiremos peleando por sus derechos, los derechos de todos; pero, insisto, debemos intentar hacerlo pacíficamente. Cuando decidimos que nos quedaríamos, decidimos aceptar sus leyes, Cheno replicó, tomando su sombrero y dispuesto a salir. Al abrir la puerta, se detuvo sorprendido. Aproximadamente cincuenta vaqueros a caballo vitorearon en cuanto lo vieron.

—Como te dije, estamos listos, Tomás le dijo a Cheno mientras reía y le daba una palmada en la espalda.

Cheno sonrió.

—Gracias —dijo en voz alta para que todos escucharan—. Pero esto es algo que debo de hacer solo.

—Te acompañamos, de esa manera estaremos seguros de que no abusan de ti, replicó Tomás.

Cheno montó en su caballo y se dirigió al grupo.

—Escuchen todos —gritó—. Iremos a Brownsville en paz, una vez allí exigiremos justicia, pero debemos de asegurarnos que nadie sea lastimado por nosotros, nadie, ni siquiera una gallina o un perro callejero.

—¡Viva Cheno Cortina!, gritó Tomás.

—¡Viva!, replicaron los vaqueros. Partieron cantando alegremente.

Mientras tanto, en Brownsville, un grupo de hombres prominentes se reunió en la oficina del alcalde Powers, situada en el segundo piso del edificio del mercado. Entre los presentes se encontraban Charles Stillman, Francisco Iturria, Richard King, el reverendo Hiram Chamberlain, José San Román, el *sheriff* Brown, William Neale y Adolfo Glavecke. Stillman saludó a todos los presentes de mano, prestando particular atención a las caras largas, preocupadas y asustadas. A muchos les sudaban las manos, algunos temblaban. Sólo King, Iturria y San Román lucían tranquilos.

—La tensión entre la gente del pueblo se puede palpar —Chamberlain abrió la discusión. Sus ojos azules fríos e inexpresivos—. Esa gente está lista para una revuelta. Nada bueno podemos esperar cuando permitimos que alguien le dispare a un *marshall* federal sin ser castigado severamente, se limpió el sudor de la frente y las manos con un pañuelo ya de por sí húmedo.

—El juez Watrous ha emitido la orden de aprehensión contra Cortina —dijo el *sheriff* Brown—. Aunque debo agregar que el juez comentó que debía emitir la orden en contra del *marshall*. Al juez le desagradan sus métodos para mantener la paz —hizo una pausa, notando el gesto de disgusto de algunos de los presentes—. Nadie puede negar que los métodos de Shears son brutales, sobre todo la forma en que parece disfrutar cuando Sandoval tortura a los prisioneros, es particularmente cruel cuando se trata de indios o mexicanos.

—Son una raza inferior, bestial, estúpida —objetó el reverendo—. Se requiere firmeza para hacerles obedecer la ley y mantener el orden.

—Aunque estoy de acuerdo en que se requiere firmeza —King intervino mirando con disgusto a Chamberlain—. En realidad, son gente en su mayoría honesta, trabajan duro, son humildes, obedientes y leales si se les trata con respeto.

—Aunque en principio estoy de acuerdo con King; la llegada de tantos forasteros, en su mayoría del paso rumbo a California, ha hecho que los burdeles, bares, cantinas de mala muerte se incrementen. Es por eso por lo que necesitamos de alguien que imponga el orden. El *marshall* Shears lo hace. Eso es lo que ha permitido que sigamos con nuestros negocios, opinó Samuel Belden, se percibía un dejo de nerviosismo en su voz.

—Pero la justicia debe de ser la misma para todos, intervino San Román con firmeza.

—Creo que todos los presentes estamos de acuerdo con eso, replicó Belden.

—La reunión no es para juzgar los métodos de Shears —Glavecke, disgustado, aclaró—. Estamos reunidos para decidir qué es lo que vamos a hacer con respecto a Cortina. ¿Lo dejamos que haga lo que le viene en gana? Acaba de liberarse de la acusación de abigeato y asesinato, y ahora esto.

Al escucharle, Stillman no pudo evitar hacer una mueca de disgusto. Aunque en cuanto se refería a asuntos de dudosa honestidad, Glavecke le había sido de utilidad a él y a muchos de los presentes, en realidad, Glavecke le era casi intolerable.

—Hay una orden de arresto en contra de Cortina, pero, ¿quién se va a atrever a arrestarlo? —el *sheriff* Brown intervino, haciendo un movimiento negativo con la cabeza—. En lo personal, prefiero renunciar antes que hacerlo. De hecho, en mi opinión, lo que hizo Cortina fue lo correcto. Nunca he aprobado los métodos de Shears.

—Recuerda que hay gente poderosa detrás de Shears, tanto aquí, como en Austin, como bien lo dijo Samuel. Él hace valer y respetar la ley, mantiene el orden. Hasta tú tienes obligación de obedecerle —Stillman lo increpó—. Así que Shears sigue siendo el *marshall*, eso no cambia. Por otro lado, debemos admitir que si se arresta a Cortina eso desencadenará una revuelta y no estamos preparados para enfrentarla —se detuvo, pensativo—. Sugiero que, por el momento, ignoremos la orden de aprehensión. Dejémoslo en manos de Sabas. Él sabrá cómo controlar a su hermanito.

—Bajo las presentes circunstancias, eso es lo más sensato, lo secundó Iturria.

—¿Alguien tiene otra propuesta? —el alcalde Powers preguntó, paseando la mirada entre los presentes—. ¿Alguno de los presentes está en desacuerdo con lo que Stillman propone? —preguntó de nuevo al ver que ninguno propuso otra cosa—. En ese caso, estamos todos de acuerdo, por el momento no se hará ningún intento de arrestar a Cortina. Además, sugiero que alguno de nosotros hable con el *marshall* Shears sobre sus métodos —complacido, paseó su mirada entre los presentes para ver si alguien agregaba algo más—. Bien, caballeros, gracias por su asistencia. Que tengan un buen día.

Era un atardecer brillante y caluroso. Muchos aun dormían la siesta, el rítmico sonido de un gran número de caballos hizo que los habitantes de Brownsville se asomaran a sus ventanas.

"¡Ahí viene Cheno Cortina! ¡Ahí viene Cheno Cortina!", gritaban los niños alborotados, corriendo por las calles. Hombres, mujeres, niños, viejos, jóvenes, todos salieron a las calles vitoreando al héroe del día, al hombre que consideraban su protector, el único que demostró el coraje necesario para defenderlos.

Cheno cabalgaba erguido en Palomo, la rienda en su mano izquierda, el ancho sombrero colgando en su espalda. De vez en cuando extendía su brazo derecho en señal de saludo. El resto de los vaqueros reían, saludando a sus conocidos. Los comerciantes los miraban nerviosos, ordenando a sus empleados que aseguraran las puertas y ventanas. Envuelta en una nube de polvo, la horda llegó hasta la oficina del *marshall*, situada en la calle Elizabeth.

—Recuerda, venimos en son de paz, se dirigió Cheno a Tomás al desmontar.

—Descuida, sabemos comportarnos, Tomás le contestó. Se encaminaron hacia la oficina.

Una vez adentro, encontraron al *marshall*. Su brazo derecho era sostenido por un cabestrillo al frente de su pecho. Estaba sentado en una mecedora con sus piernas cruzadas sobre la mesa que hacía las veces de su escritorio. A su lado, estaba *kasus* con un machete colgando de su cintura.

—¿A qué vienen?, les preguntó Shears en cuanto entraron, con un tono entre despectivo y amenazante. Sus ojos azules irradiaban odio.

—Venimos en paz, le dijo Cheno caminando hasta quedar frente al escritorio, mirando fijamente a Shears. Tomás se colocó a su lado, mirando a Sandoval.

—Mph, la actitud de esos no parece pacifica, gruñó Shears, señalando a los vaqueros fuera de la oficina.

—Como ya lo he dicho, venimos en paz. No deseamos problemas —Cheno replicó—. Vengo a decirte que no tuve intención de hacerte daño, pero no me diste alternativa. Me alegro de ver que no fue nada grave, apuntó al brazo derecho de Shears.

Shears resopló, apretando la quijada.

—Nada grave, ¿eh? —dijo golpeando la mesa al levantarse, la mirada amenazante—.¡Me disparaste! —gritó furioso—. ¡Hijo de puta, le disparaste a un *marshall* federal, y aun así tienes el descaro de venir a decirme que te alegra que no fue 'nada grave'!, dio un paso hacia Cheno, quien se mantuvo firme sosteniendo la mirada del *marshall*. Tomás llevó su mano hacia su pistola. Sandoval tomó el mango del machete.

—El juez ha dictado orden de aprehensión en tu contra y, a pesar de eso, vienes aquí como si nada hubiera pasado. Hasta ahora has salido bien librado, pero algún día la suerte se te acabará, entonces te pondré en tu lugar, gritó Shears con tono amenazante.

Cheno, determinado a dejar clara su posición, ignoró las amenazas del *marshall*.

—Repito que hemos venido en paz, dispuesto, si es necesario, a recibir el castigo por lo que he hecho; pero debo dejar claro que no toleraremos más abusos. Lo único que pedimos es un trato justo, no más latigazos a mexicanos o indios sólo por el delito de emborracharse. Trato justo para todos —nuevamente apuntó al brazo de Shears y agregó unas palabras—. Si es necesario, pagaré los gastos por atender tu herida.

Furioso, Shears escupió en el polvoriento piso de madera.

—Méndigo, cochino arrogante, esperas que por pagar quedará todo olvidado. Guárdate tu sucio dinero. Ahora te digo a ti y a todos que yo seguiré haciendo mi trabajo como hasta ahora, así es como me gusta. Descuida, por esta vez no te arrestaré. Mugrosos como tú tarde o temprano caen en la cárcel. Entonces nos veremos, entonces es cuando pagarás.

Cheno se encogió de hombros.

—Nos vamos como llegamos, en paz. Estás advertido, no toleraremos más abusos —dio media vuelta y se encaminó hacia la puerta. Tomás intercambió miradas con Sandoval y le siguió.

Esa noche, Cheno visitó a Rafaela en Matamoros.

—Cheno, estoy asustada. Antes del incidente, Shears buscaba la manera de lastimarte, ahora usará todo lo que esté a su alcance para lograrlo, le dijo Rafaela después de que Cheno le platicara lo sucedido.

—No hablemos más de eso, por ahora pensemos sólo en planear nuestra boda, comentó Cheno a Rafaela mientras la tomaba cariñosamente de la mano.

CAPÍTULO

X

—¿Estás nervioso, Cheno? —Chema le preguntó riendo, al tiempo que caminaba hacia él, dándole una palmada afectuosa en la espalda—. Deja de pelear con esa corbata, te ayudo con el nudo, agregó.

—Hermanito, no se casa uno todos los días, replicó Cheno ataviado en traje de charro, levantando el cuello para permitir que Chema le ayudase con el nudo de su elegante corbata color rojizo.

—Cuando visitamos los burdeles y bares de Bagdad, tú eres quien atrae a las chicas. Hasta se pelean por ti; ahora resulta que tu matrimonio te pone nervioso, le contestó Chema entre risas y con tono burlón.

—Sabes muy bien que no es lo mismo. Rafaela es virgen; además esto es un compromiso de por vida, no es sólo el placer del momento, contestó Cheno en tono firme, casi brusco. La emoción hizo que sus mejillas enrojecieran.

—Bueno, bueno, mi querido hermano, no hay razón para alterarse —dijo Chema, aun riendo—. Listo, ahora estás presentable.

—Vámonos, no quiero llegar tarde, dijo Cheno, también sonriendo, pero molesto consigo mismo por el tono con el que le habló a su hermano.

Estaban en la casa que la familia mantenía en Matamoros. Estefana, Carmen, amigos y familiares los saludaron al salir. Cheno admiró los elegantes vestidos y las joyas de los presentes.

—Hijo, ese traje te sienta bien, pero muy bien, le dijo Estefana, orgullosa, abrazándolo y besando su mejilla, para después tomarle de las manos. Dio un paso hacia atrás para admirarlo. Carmen y el resto de las mujeres también lo rodearon. Todas hablando al mismo tiempo. Cheno recordó la imagen de un gallo rodeado de gallinas cacareando sin cesar. Acostumbrado a la vida ruda del campo, rodeado de animales salvajes, caballos indómitos, vacas y borregos, se sintió incómodo por la atención de que era objeto, mareado por el penetrante aroma de los perfumes.

Tuvo que hacer un esfuerzo para que nadie notara que estaba incómodo.

—Gracias, chicas, que bueno que han venido. Tanto Rafaela como yo agradecemos su presencia —dijo extendiendo los brazos, tratando de saludar a todas—. Debemos darnos prisa. El padre Nicolás debe estar esperando en la catedral, agregó caminando hacia a salida.

Portaba un traje de charro de color café oscuro y lana fina. La chaqueta iba unida a las mangas por seda bordada cuidadosamente para permitir libertad de movimiento; los botones de plata, el ancho sombrero hecho del mismo material, bordado de hilos de plata alrededor del sombrero y a lo largo de las piernas. Todo era complementado por una corbata de fina seda roja y los casquillos de plata en las botas, también de color café oscuro. Apenas llegaban arriba de los tobillos. Estefana había ordenado este atuendo como regalo de bodas. Palomo, su caballo favorito, ensillado con una montura hecha a mano, decorada con bordados de plata y estribos de plata sólida.

Cheno montó su caballo. Sabas, Tomás y Chema también vestían con elegantes trajes de charro y cabalgaron a su lado. El conjunto llamaba la atención. Cabalgaron en dirección a la catedral situada frente a la plaza Hidalgo. A su paso, la población gritaba, saludando a Cheno y deseándole felicidad en su matrimonio. Él respondía sonriendo y extendiendo el brazo en señal de saludo.

El padre Nicolás Balli les esperaba a la entrada de la iglesia. Les saludó para después guiar a Cheno por la puerta principal hasta el pie del altar. Allí lo dejó a que esperara la entrada de la novia. Cheno sentía su corazón alborotado tratando de salir de su pecho. Le temblaban las piernas, le sudaban las manos de nuevo. El perfume esta vez provenía de la gran cantidad de flores que decoraban el templo, su aroma lo mareó un poco. Mirando hacia la puerta, se percató de que una figura blanca entraba y se encaminaba hacia él.

Cheno pensó que un ángel era quien se aproximaba. Miró a su alrededor para asegurarse que no sonaba. El golpeteo en el interior de su pecho se incrementó a medida que la figura celestial se aproximaba; al acercarse, finalmente reconoció a Rafaela. Sus ojos negros brillaban, le miraban con amor; un fleco de su cabello, también negro, cubría su frente y destellaba rayos azules al recibir la luz del sol brillante que se filtraba a través de los cristales de la iglesia. El velo blanco resaltaba el carmín de sus mejillas. Cheno tuvo que hacer un esfuerzo para no abalanzarse sobre de ella, rodearla con sus brazos y cubrirla con sus besos. Sólo sonrió y extendió su mano para ayudarla a subir. Apenas notó el hermoso bordado de su vestido. La dirigió hasta los reclinatorios envueltos en seda blanca. Ambos se arrodillaron frente al altar.

La misa le pareció corta. Llegado el momento, contestó: "Sí, acepto", fuerte y claro para que todos lo oyeran. Se llenó de júbilo cuando Rafaela contestó con la misma firmeza. Sus palabras sonaron como un canto celestial a los oídos de Cheno. Su felicidad era tal que tuvo que hacer un esfuerzo para no llorar como un niño extraviado que regresa a su hogar.

Al terminar la ceremonia desfilaron por el pasillo. La mano de Rafaela apoyada en el antebrazo de Cheno. A su paso, los invitados aplaudían. En el atrio de la iglesia, los juegos pirotécnicos inundaban el cielo. Una calandria decorada con flores frescas esperaba a los recién casados para conducirlos de regreso a casa de Estefana. Para entonces, el convite ya estaba encaminado. Las calles alrededor de la casa habían sido previamente regadas y aplanadas para permitir que todos los que así lo quisieran, bailaran al son de los múltiples grupos musicales contratados, polkas y corridos se escuchaban por doquier.

Barbacoa recién desenterrada, tortillas de harina y de maíz —también recién hechas— y salsa picante se servían a todo el que aproximara un plato. Tequila, mezcal, sotol, aguas frescas de limón, tamarindo, flor de jamaica y piña componían el repertorio de bebidas. Los pequeños disfrutaban rebanadas de sandía, melón y piña, también tunas y otras frutas. Todo el pueblo estaba invitado.

A los invitados cercanos y familiares se les atendía dentro de la casa. Cheno y Rafaela caminaban por todos lados, saludando a los presentes, recibiendo múltiples muestras de cariño. Al caer el sol, Cheno y Rafaela se aprestaron a retirarse a la habitación que había sido especialmente preparada para ellos.

Cheno caminó directo a la habitación, mientras que Rafaela se dirigió a una habitación contigua para recibir consejos de su madre y otras mujeres, una tradición femenina.

Una vez en la habitación, Cheno se sirvió tequila, pero de inmediato desistió de tomarlo. "No quiero tener aliento alcohólico", se dijo. Lentamente deshizo el nudo de la corbata para luego quitarse el traje completo. Una vez desvestido, por primera vez en su vida se cubrió con una bata de dormir de algodón, la bata le cubría hasta los tobillos. Sonrió, burlón. "¿Cómo puede la gente dormir con esto todos los días?", se preguntó. Un suave toque en la puerta llamó su atención.

—Adelante, está abierto, dijo con voz temblorosa, ner-vioso.

La puerta se abrió y Rafaela apareció, cubierta por un largo y hermoso camisón de seda blanca. Aunque le cubría todo el cuerpo, delineaba a la perfección las curvas de su cuerpo, sus bien torneadas piernas, la prominencia de su busto, todo acentuado por la cascada de su brillante pelo negro cayendo sobre sus hombros. Excitado, atraído por su belleza, Cheno se encaminó hacia ella para detenerse repentinamente, al notar que ella le miraba sonriente, divertida y sorprendida.

—¿Qué pasa? ¿Hay algo malo?, Cheno preguntó, a su vez, sorprendido por su sonrisa.

—Nada, es sólo que me alegra y sorprende verte en ropa de dormir, Rafaela le contestó, riendo, feliz; extendiendo sus brazos para tomar los suyos atrayéndolo hacia ella.

—Bueno, es que…, Cheno intentó decir algo, todavía un poco nervioso.

—¡Sshhh! —susurró ella—. Te vez tan guapo como siempre, le dijo, besándolo.

Retomando la iniciativa, Cheno la abrazó para, luego, lentamente acariciar su espalda con suavidad, con ternura, como si ella fuera de frágil porcelana. Con cuidado, la guío hacia la cama. Ella se dejó conducir.

De forma tierna y amorosa, Cheno la besó. Besos suaves, húmedos, primero en la frente, luego en las mejillas; apenas rozando sus labios. Besó su cuello y sus hombros; al mismo tiempo que deshacía el nudo del camisón. Le ayudó a sacar los brazos liberando sus senos, firmes y virginales. Sentía sus dedos acariciar su espalda, con suavidad, succionó de sus pezones. Se detuvo para deshacerse de su bata de dormir y ayudarle a despojarse de su vestimenta.

Desnudos, lubricados por el sudor, sus cuerpos se acariciaban entre sí. Cheno sentía el cuerpo de su amada temblar de pasión. Besándola, acariciándola, suavemente, lentamente, alerta a sus reacciones, como si estuviera domando una yegua indómita, esperó por el momento en que ella estuviera lista para el momento de ser poseída. Por instinto, ella respondió a sus caricias con pasión, incitándole a continuar, lo que incrementó la pasión y el deseo de Cheno.

Fuera de la habitación, Estefana, Cristina —mamá de Rafaela—, Carmen y otras mujeres tenían la oreja pegada a la puerta, pendientes de cada ruido por mínimo que fuera. Sonrieron al escuchar el rítmico y apaciguado sonido proveniente de la habitación; suaves gemidos, respiración entrecortada, el matrimonio consumado. Tuvieron que hacer un esfuerzo para no reír y aplaudir. Se conformaron con asentir con la

cabeza. En las calles, bebieron, comieron, bailaron y feste-
jaron durante dos días.

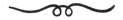

Unas semanas después, Stillman recibió a los más prominentes hombres de negocios en su domicilio. Anfitrión
generoso, sus invitados se sentaron en confortables sillones
de piel, fumaron habanos y bebieron coñac francés en finas
copas de cristal cortado. Las amplias ventanas abiertas permitían que la brisa marina amortiguara el sofocante calor
del verano.

—Ahora que Cheno se ha casado, podemos asumir que el
puma salvaje ha sido domesticado y se ha convertido en un
suave gatito de hogar, dijo Glavecke en tono burlón.

—No podemos estar seguros de que sea así. Además, el
carácter rebelde de Cheno nos ha sido útil cuando así nos ha
convenido —Stillman le replicó en tono seco—. En realidad,
ahora eso ni siquiera tiene importancia. Se avecinan eventos
importantes que pueden perjudicarnos o favorecernos. Esa es
la razón por la que les he invitado —se detuvo, fumando de
su puro. Paseaba la mirada entre los presentes con su rostro
serio—. Todos sabemos que México, desde su independencia,
no ha gozado de paz interior, existe una constante lucha por
el poder y gobiernos inestables. Como consecuencia natural
de todo eso está al borde de la bancarrota, no puede pagar su
deuda. Enfurecidos por eso, Inglaterra, España y Francia han
formado una coalición que amenaza con invadir a México
para obligarlo a pagar.

—Lo que México necesita es un gobierno de mano dura e
inflexible. Los mexicanos son gente primitiva, incivilizados,
no están preparados como nosotros para la democracia. Una
monarquía europea les vendría bien —intervino el pastor

Chamberlain y extendió su brazo para levantar su copa—. Brindo por eso, agregó.

—Es posible que eso suceda —interrumpió Stillman—, pero aún hay otras novedades que deseo compartir con ustedes. Mis socios tanto en Nueva York como en Nueva Orleans me han informado que lo que está pasando en México puede afectar gravemente a nuestros negocios —se detuvo por un momento, pensativo—. Pero si sabemos aprovechar la oportunidad, podemos tomar ventaja de las circunstancias, agregó, dejando que digirieran lo que les había dicho.

—Pero no nos has dicho a qué información te refieres, comentó Iturria preocupado y ansioso.

Stillman sonrió gozando el suspenso que había creado entre los presentes.

—Aun no termino, hay algo de igual importancia de este lado —dijo sacudiendo la ceniza de su cigarro sobre un hermoso cenicero—. Hay fuertes rumores de que los estados del sur están a punto de separarse de la unión. Eso sucederá si ese payaso de Illinois Abraham Lincoln resulta electo presidente.

—Lincoln apoya a los abolicionistas —Kenedy intervino—. Los estados sureños no tolerarán que se interfiera con el derecho a poseer esclavos. Tienes razón, el sur se separará.

—¿De qué lado quedará Texas?, preguntó San Román, inquieto y con su voz ligeramente temblorosa.

—Del lado del sur, por supuesto, replicó el reverendo Chamberlain.

—Si los estados del sur se separan, seguro que habrá guerra, King dijo casi murmurando.

144

—Una guerra que durará poco y que el sur fácilmente ganará. Un hombre del sur puede lo que cuarenta yanquis, tronó Chamberlain hinchando el pecho.

—Es fácil ver cómo todo eso nos afectaría; pero, no puedo entender cómo nos beneficiaría, intervino Iturria, preocupado.

—Es sencillo —le contestó Stillman—. Donde nos encontramos es una posición de privilegio, desde el punto de vista geográfico —continuó escogiendo con cuidado sus palabras—. Todos sabemos que el gobierno mexicano cobra altos impuestos tanto a las importaciones como a las exportaciones. Tratando de controlar el comercio, sólo hay un puerto de acceso al país, Veracruz —pausó para, una vez más, pasear sus ojos azules por todos los presentes, asegurándose de que le prestaban atención—. Pero, si los europeos deciden invadir a México, lo harán precisamente por Veracruz. Eso requerirá que haya puertos alternativos; Tampico, por ejemplo, y de particular interés para nosotros, el puerto de Bagdad.

—¡Ahora entiendo! —dijo Iturria, feliz, casi saltando—. Si habilitan en puerto de Bagdad como es muy probable que suceda, el monopolio de transporte por el Río Bravo está en manos de nuestros socios y amigos, King y Kenedy; además, tenemos contactos en Monterrey, San Luis, Zacatecas, aun en la Ciudad de México. De esa manera, desde aquí controlaremos todo el comercio en México, genial, verdaderamente genial.

Stillman sonrió, orgulloso de su pupilo, amigo y, ahora, socio.

—Todo eso suena muy bien —King intervino—. pero todavía no alcanzo a entender como una guerra entre los estados del norte y el sur nos beneficia a nosotros.

—Si hay guerra, como es muy probable que suceda —Stillman le explicó, aun escogiendo con cuidado sus palabras—, el norte tiene una mejor armada naval y seguramente bloqueará el comercio a través de los puertos sureños. El sur depende fuertemente del comercio del algodón, Inglaterra es su principal socio comercial. Necesitarán una forma para mover la parte principal del motor de su economía. San Gertrudis, el rancho de tu propiedad, está situado en medio del desierto del Caballo Salvaje, una ubicación inmejorable para establecer una ruta de transporte hacia cualquier punto del Río Bravo, y una vez allí, tus barcos de vapor pueden transportar el algodón hasta el puerto de Bagdad, que queda del lado mexicano…, ¿te das cuenta?

—Los países europeos necesitan el algodón, hasta los yanquis. Nosotros estamos en el lugar exacto para controlar todo esto. A través de Bagdad, podremos tomar control del comercio que entra y sale de México. No sólo eso, también controlaremos el intercambio tanto de la unión en el norte, como de la confederación en el sur —resopló Stillman casi abrumado, sus ojos azules casi brillaban por el entusiasmo. Satisfecho, dio una bocanada de su puro.

—Ahora lo entiendo. Estoy de acuerdo, es genial, dijo King sonriendo de oreja a oreja.

—En efecto, es genial —secundó San Román—. Pero hay un pequeño problema con todo eso.

Stillman volteó a verlo con mirada inquisitiva.

—¿A qué te refieres?, le preguntó Steven Powers.

—Todos sabemos la inquietud que predomina en esta población —San Román dijo e hizo una pausa para respirar profundo—. El *marshall* Shears, en lugar de cambiar por lo sucedido, ha endurecido sus métodos, en particular en contra de los mexicanos. Tengo la impresión de que desea provocar violencia, tal y como algunos grupos políticos que promueven una nueva guerra en contra de México. Tengo la impresión de que el *marshall* pertenece a uno de esos grupos.

—¿Te refieres a grupos como el de: Sé nada, vi nada, digo nada?, le preguntó Powers.

—A ese y otros como el de "La estrella solitaria del oeste" —San Román replicó—. Estas sociedades semisecretas buscan provocar pretextos para reiniciar la guerra en contra de México y así apoderarse de más tierras. Al mismo tiempo, quieren matar a tantos mexicanos como sea posible.

—Bueno, por lo menos necesitan ser civilizados. Esa es la carga que nos ha sido impuesta a los hombres blancos, intervino Chamberlain.

—Shears no sólo ha endurecido sus métodos desde el incidente con Cortina —Powers retomó el tema—, sino que incita a Sandoval para que aplique sus crueles métodos de interrogación, especialmente cuando se trata de mexicanos, humildes campesinos, vaqueros o indios, agregó.

—Pareciera que está retando a Cheno Cortina —el *sheriff* Brown dijo—. Sabemos que Cheno prometió hacer algo si Shears continuaba con sus crueles métodos.

—Cheno es el único líder que podría iniciar una rebelión —Stillman intervino, encogiéndose de hombros—, pero, por ese lado, les tengo buenas noticias. Tijerina me ha dicho que México se prepara para repeler la posible invasión. Van a pedirle a Cheno que se incorpore al ejército mexicano, de hacerlo, lo mandarían a la capital del país —se detuvo, pensando por unos segundos—. Cheno es como un niño soñador, alguien a quien le gusta pelear por causas perdidas, así que, en cuanto se entere de la invasión, es probable que acepte.

—De cualquier manera, Sabas lo mantendrá bajo control y, si él no puede, Rafaela se encargará de domarlo, Glavecke insistió.

—Yo no estaría muy seguro de eso —Stillman replicó—. Lo que si me queda claro es que si queremos sacar provecho de los acontecimientos que se avecinan, debemos tener absoluto control del valle.

—Para lograrlo, debemos comenzar por invitar a Sabas a estas reuniones, Iturria sugirió.

—Secundo la proposición —Powers dijo—. Inclusive es posible que convenza a Cheno para unirse al ejército mexicano.

Todos aprobaron moviendo la cabeza.

—También ayudaría si la administración de justicia es más equitativa —Iturria retomó la palabra—. Cuando los asesinados son mexicanos, los culpables no sólo son libres de caminar por las calles, ni siquiera hay orden de aprehensión.

Stillman notó el gesto de disgusto de Neale.

—Tampoco debiéramos de permitir que los hacendados mexicanos sean obligados a vender o a abandonar sus propiedades, San Román agregó.

King y Kenedy cruzaron sonrisas cínicas.

—Lo que es de mayor importancia es convencer al gobernador de reabrir el Fuerte Brown, Belden intervino.

—Por el momento, eso no parece factible. Lo mejor será que organicemos nuestras propias milicias y a los *rangers*, dijo Kenedy.

—Como tú y King ya lo han hecho, le dijo Belden sonriendo.

—La mayoría de los *rangers* son hombres acostumbrados a vivir de sus pistolas, alguna vez estuvieron fuera de la ley, si los tratas bien y les pagas bien, son útiles, King intervino.

—Cierto, eso nos puede ser de utilidad en el futuro, Iturria le apoyó.

—Tienen razón en lo que proponen. Resumiendo, estamos todos de acuerdo en invitar a Sabas a nuestras reuniones; King y Kenedy se encargarán de organizar las milicias y a los *rangers*, con ellas mantendremos el orden.

Todos aprobaron con la cabeza.

—Excelente. Ahora propongo un brindis, expresó Stillman. Poniéndose de pie, extendió su brazo derecho con su copa a medio llenar.

Todos los presentes lo imitaron poniéndose de pie y extendiendo sus respectivos vasos. "Salud", dijeron al unísono.

"Brindo por el éxito de nuestros negocios y por un futuro prometedor", dijo Stillman en voz alta para luego beber el contenido de su copa.

"Por nuestros negocios y el futuro", todos repitieron vaciando sus copas de un sólo trago.

CAPÍTULO

XI

Era una noche oscura. Las amenazantes nubes de un color negruzco amoratado presagiaban tormenta, por el momento, sólo algunas gotas caían sobre el sombrero de ala ancha de Richard King. Montado sobre un caballo pinto, observaba cómo a la distancia destellantes llamaradas rojas, amarillas, azules y anaranjadas iluminaban la oscuridad. Gritos amortiguados por los truenos y la distancia se escuchaban. El brillo de las llamas le arrancó una sonrisa.

"Espero que eso les sirva de lección a los que se oponen al progreso", pensó. "Aunque reconozco que la mayoría de los mexicanos asentados en el valle son gente leal, humilde, obediente y arduos trabajadores, han sido como niños con un buen dulce. No han sabido sacar el provecho a la tierra que poseían; se conforman con cosechar sólo lo suficiente para alimentar a sus familias. Estos han sido tontos, estúpidos, le hice una buena oferta, debieron de haberla aceptado. Soy un hombre generoso, mantendré mi oferta, aunque ahora esa propiedad ha perdido su valor", reflexionó en su mente.

Su caballo danzó. El chasquido de un relámpago le iluminó. "Mañana temprano, Powers le repetirá la oferta a esos que insistan en quedarse. Todo debe ser legal", sonriendo, meneó la cabeza. "Cortina no sabe el favor que me hizo al apoyar a Powers como alcalde de Brownsville. Stephen es un abogado astuto, experto en las leyes inmobiliarias en ambos lados de la frontera, cobra bien, pero lo vale". El sonido de caballos cabalgando hacia él llamó su atención.

—¿Qué ha pasado, muchachos? —les preguntó en cuanto arribaron—; ¿acaso un volcán ha hecho erupción?, agregó en tono sarcástico, dejando a su pinto danzar.

—Cinco ranchos arden, pronto serán sólo cenizas. Ahora entenderán —le contestó Hines Clark, capitán de los *rangers*, que comandaba al grupo de veinticinco jinetes—. Lo único que se salvó fueron los cobertizos donde guardan las pieles.

—Pues vayan por ellas. En el rancho Gertrudis tengo suficientes carretas y mulas, pueden venderlas y distribuir el dinero entre ustedes, replicó King disgustado por la noticia.

—No creo que sea buena idea. No podríamos explicar cómo fue que las conseguimos, replicó Hines.

—En ese caso, regresen y quémenlas. ¡Qué no quede nada! —King le ordenó gritando al tiempo que un relámpago tronaba en el cielo—. No podemos permitir que se las queden y las vendan.

Unos días después, Adolfo Glavecke, Jean Vela, Tomás Vázquez y otros vaqueros herraban ganado a las orillas del desierto del caballo salvaje, a medio camino entre Brownsville y el rancho Santa Gertrudis, propiedad de Richard King. A pesar de su cercanía a la playa y de la constante brisa marina, el lugar era caluroso en extremo, tanto que los vaqueros de la región lo conocían como "el desierto de la muerte", razón por lo que era poco frecuentado. El suave sonido de las olas, los tonos verdes, azules y morados de la laguna madre hacían el lugar placentero a la vista. Sin embargo, el intenso calor y el armamento de algunos de los vaqueros hubieran prevenido que alguien se atreviera a acercarse.

Algunos de los vaqueros acorralaban a los cuernos largos, mientras otros ayudaban a Jean y Tomás herrándolos. Parecían de buen humor.

—Hey, Jean, ten cuidado con lo que haces. Al aplicar el hierro de Cortina debes permitir que el hierro de Garza quede visible. Tu padrastro el capitán Kenedy se disgustaría si no hacemos un buen trabajo, Glavecke le gritó a Vela.

—El capitán Kenedy no es tan duro como lo es mi jefe, el capitán King —Vázquez intervino—. Pero Adolfo tiene razón, debemos dejar evidencia que nos permita deshacernos de ese cabro de Cortina —sonrió malévolamente—. Se va a llevar una bonita sorpresa cuando encontremos el ganado robado en su rancho. Esta vez hemos arreglado que hasta algunos de los vaqueros que él considera leales declaren en su contra.

—Pero, ¿cómo van a lograr que eso suceda?, Vela preguntó intrigado.

—El *marshall* Shears ya está enterado del robo —Vázquez contestó con cínica sonrisa—. Para ahora deben haber capturado a algunos de sus vaqueros. Todos sabemos que con la forma en que Sandoval los interroga, todo mundo canta mejor que los canarios.

Fuertes risotadas se escucharon.

—Hasta ahora han sido herradas cuarenta cabezas de ganado —informó uno de los vaqueros—. ¿Seguimos adelante?, preguntó mientras tomaba una jarra de agua fresca y bebía directamente de ella.

—No, con eso es suficiente —respondió Glavecke—. Sacrifiquemos a las demás para vender las pieles en Bagdad —miró hacia el cielo—. Los buitres tendrán un festín, concluyó con una risa cruel.

—Cheno, tú y Rafaela se han construido un bello nido, los felicito —Antonio Tijerina dijo y tomó asiento en la silla de bejuco que Cheno le ofreció. Se encontraban en la recién construida casa del rancho San José, propiedad de Cheno—. Todos aun hablamos de lo memorable que fue su boda, Tijerina continuó con una sonrisa.

—Gracias —replicó Cheno también sentándose—. Rafaela nos ha preparado café, agregó apuntando hacia su esposa que entraba cargando una charola de servicio.

—Muy amable, Rafaela —Tijerina dijo aceptando la taza de café que Rafaela le ofreció—. Cheno, los visito porque México está en peligro, requiere del apoyo de todos nosotros.

—Lo sé —Cheno respondió, pensativo, sosteniendo la taza de café con la mano derecha—. Pero, ahora me he casado, Rafaela se ha convertido en mi principal responsabilidad. Además, he decidido quedarme de este lado, trabajar y prosperar.

—No te engañes, Cheno. Tú eres un líder natural, la gente te sigue. Todos sabemos que tienes ambiciones políticas. Pero, bien sabes que los gringos nunca te considerarán como a uno de ellos, nunca tendrás acceso a puestos de verdadero poder, no te lo permitirán.

—Bueno..., pero a Sabas, Iturria, San Román, entre otros, les ha ido muy bien. Yo mismo he prosperado, el rancho produce bien, lo mismo sucede con mis hermanos —replicó Cheno—. Recuerda que mi apoyo fue clave para lograr que Powers y Brown fueran electos en puestos importantes, una sonrisa irónica apareció en su rostro, él mismo dudaba de lo había dicho.

—¡Ja! —Tijerina exclamó en tono burlón—. A tu hermano Sabas, al igual que a Iturria y San Román les ha ido bien porque no estorban a los gringos; de hecho, se hacen de la vista gorda y participan de sus negocios, sean legales o no —clavó la mirada en Cheno—. En lo que se refiere a tu influencia en lograr que Brown y Powers fuesen electos, ¿cómo nos ha beneficiado? ¿Han sacado a algún mexicano de apuros? ¿Han hecho algo para frenar el abuso en contra de los vaqueros, los peones, los humildes y mexicanos en general, quienes no son tan ricos como lo eres tú?

—Bueno, es que ... —balbuceó Cheno, inquieto—. Es que... —nervioso, tratando de encontrar un argumento a su favor, se meneaba en la silla. Se rascó la mejilla derecha—. Es cierto, aún falta mucho camino por recorrer..., empezó de nuevo.

—Vamos, hombre. Incorpórate al ejército mexicano —Tijerina le dijo interrumpiéndolo—. Por tus propiedades no tienes razón de preocuparte, ya están legalmente a tu nombre, puedes volver cuando así lo desees. Bien sabes que Chema y, aun Sabas, te ayudarán cuidando de lo que es tuyo.

—No sé, la gente del valle acude a mí cuando tiene problemas, dijo Cheno todavía dubitativo.

—En eso tienes razón. En ambos lados del río eres el líder natural —Tijerina lo interrumpió nuevamente—. Te preocupas por el bienestar de todos. No sólo de lo que es tuyo. Ayudas a todos sin importar su posición social. Todos lo sabemos, y esa es precisamente la razón por la que he venido a pedirte que te unas al ejército mexicano.

—¿Y qué hay de Rafaela? —preguntó Cheno, todavía dudando, volviendo a rascar su mejilla derecha—. Estamos recién casados.

—Yo te apoyo, cualquiera que sea tu decisión, intervino Rafaela.

Cheno se puso de pie y caminó hacia ella, abrazándola. "Me alegra que hayas escuchado, necesito de tu consejo", le dijo.

—Les pido me disculpen, sé que es un asunto de hombres —Rafaela dijo—, pero esto es algo que involucra a los dos. Te repito que apoyaré tu decisión, cualquiera que ésta sea —miró a Tijerina—. ¿Estás seguro de la invasión extranjera?, le preguntó.

—Totalmente seguro —Tijerina respondió—. En estos momentos, México necesita de la ayuda de todos sus hijos.

El sonido del galope de un caballo aproximándose llamó su atención; intrigados, un poco inquietos, voltearon hacia la puerta, alguien llegaba. El rápido y rítmico sonido de espuelas preocupó a Cheno, algo grave había ocurrido; una desgracia, tal vez.

Unos momentos después, Tomás Cabrera irrumpió en el salón, sudaba copiosamente, sus ropas empapadas. Cheno leyó detrás de su transpiración una expresión de profunda ansiedad. Tomás se detuvo frente a ellos por unos instantes, tratando de recuperar su aliento. Cheno, observando la agitada respiración de su amigo, comprendió que su presentimiento era cierto, algo grave había sucedido. Las arrugas en el rostro de Tomás se veían más profundas. Furioso, aun sin decir palabra, Tomás levantó los brazos al cielo, como implorando, llorando, abría y cerraba los puños frenéticamente. Hacía gestos, abriendo y cerrando la boca, como si tuviese dificultad para hablar.

—Están muertos, cruelmente asesinados —finalmente dijo—, descuartizados por ese salvaje asesino al servicio de Shears, agregó.

—¿Cómo? ¿De qué hablas? ¿Quién está muerto?, preguntó Cheno. Los músculos de su cuello y espalda se tensaron.

—Teófilo y Lencho fueron arrestados por órdenes de Shears y sujetos a interrogación por Sandoval. Acusados de robar ganado para ti —Tomás casi gritó al responder, moviendo su cuerpo, visiblemente exaltado, furioso—. Sandoval los amarró a sus caballos, los torturó hasta que admitieron de lo que se les acusaba —Tomás pausó, apretó la mandíbula y respiró profundo antes de continuar—. Una vez que lo admitieron, ¡Sandoval dejó que los caballos jalaran hasta arrancarles la cabeza! —gritó furioso, centellas saltaban de sus ojos, los ojos enrojecidos y húmedos—. ¡Ese cabrón!, Tomás exclamó cerrando los puños.

Cheno tenía el cuerpo tenso. La violencia de los latidos de su corazón le golpeaba la cabeza.

Rafaela lloraba. Tijerina con los puños cerrados y lágrimas en los ojos meneaba disgustado la cabeza.

—Nuevamente, se ha dictado orden de aprehensión en tu contra. Shears está juntando a su gente y a los *rangers* para venir y arrestarte, agregó Tomás.

Oyendo eso, Rafaela dejó de llorar y se aproximó a Cheno. "Mi amor", le dijo, "hoy mismo te enlistas en el ejército mexicano".

Cheno, sorprendido, volteó a verla. Acarició su rostro e hizo un gesto. Miró a Tijerina. "Prepara los caballos", dijo dirigiéndose a Tomás. "Nos enlistamos en el ejército mexicano", abrazó y besó a su esposa, sintiendo paz interior.

21 de septiembre de 1859, Matamoros, México.

Cheno, acompañado por Tomás, Antonio, Chema y el resto del batallón, celebraban el aniversario de la Independencia de México. Ocupaban una de las barracas del Fortín Bravo, al oeste de la población. Varias botellas vacías de sotol y tequila brillaban en el suelo. Alegres, llenos de entusiasmo patriótico, gritaban hurras y vivas por la independencia.

—Señores, ahora que celebramos la independencia y honramos a los que dieron su vida para lograrlo, ¿qué me dicen de todos los mexicanos que han sido asesinados impunemente?, gritó de repente Ceferino Cabrales. Su rostro estaba enrojecido por el entusiasmo y el consumo de tequila y sotol.

—¿Qué hay con el *marshall* Shears que tortura a los mexicanos por el mero hecho de serlo?, alguien gritó.

—Ahora que lo dicen, ¿qué hay con George Morris? —otro más grito, reventando furioso su vaso contra la pared—. Hace trampa en el juego y mata al que se atreve a protestar.

—No olviden a Billy Neale —se escuchó otra voz—. Ha matado a dos de los nuestros sólo porque se acercaron a una mexicana que no lo quiere.

—Sí, es cierto. ¿Qué hay con ellos? —Tomás inquirió mirando a Cheno—. ¿Qué hay con tu primo Adolfo? ¿Qué hay con Sandoval? ¿Se quedan sin castigo?, mantuvo su mirada en Cheno.

Cheno lo miró frotando su barba rojiza. "No, esos crímenes no se quedarán impunes". Contestó.

CAPÍTULO
XII

28 de septiembre de 1859.

Tres de la madrugada. Ranas y grillos cantaban serenata a la luna llena. Un coyote se daba un festín con un pato capturado en una de las resacas. Disfrutando de la agradable brisa y el fresco clima del otoño, los gallos, al igual que el resto de la población de Brownsville, Texas, dormían profundamente. El golpeteo de caballos al galope, gritos y balazos al aire interrumpieron la tranquilidad de la noche.

"¡Viva Cheno!"", "¡viva Cortina!", "¡viva México!", "¡mueran los gringos!, "¡justicia para los mexicanos!", gritaban.

Los gritos, balazos, el estruendo de los caballos galopando despertaron a todos. Asustados, los gallos cantaron; el coyote con el pato en la boca se perdió en la oscuridad.

Cheno y setenta y cinco de sus hombres entraron a galope por la calle Elizabeth. Cabalgaron hasta el abandonado Fuerte Brown. Una vez ahí, Tomás sacó una bandera mexicana del morral en su montura y se disponía a izarla. Cheno lo detuvo tomándolo del brazo.

—Nos guste o no, éste es ahora territorio de los Estados Unidos. La bandera mexicana no corresponde en este lugar, le dijo tomando la bandera. Luego volteó y se dirigió a sus hombres.

—Recuerden, hemos venido a aplicar justicia a quienes hasta hoy se han burlado de ella —les dijo—. También debemos de liberar a todos los que han sido encarcelados sin haber cometido delito alguno. Pero lo haremos sin lastimar a los inocentes, respetaremos la propiedad ajena. Quien robe o lastime a gente inocente será severamente castigado. ¿Les queda claro?

—¡Viva Cheno Cortina! ¡Muerte a los culpables!, gritaron todos en respuesta.

Cheno volvió a Tomás.

—Llévate un grupo contigo y libera a los prisioneros. Si te topas con Shears, trátalo como él ha tratado a los nuestros, no le tengas piedad —le devolvió la bandera—, guarda esto, agregó, puso su mano sobre el hombro de su amigo y le sonrió.

Tomás tomó la bandera, musitó algo para sí, pero asintió con la cabeza. Volvió la bandera a la bolsa de su montura, señaló a varios de los hombres; se encaminó hacia la cárcel, los que había señalado le siguieron.

Cheno se volvió hacia Alejo Vela, amigo y compañero desde la infancia.

—Alejo, llévate un grupo de hombres. Ya sabes dónde encontrar a Morris. Dale el castigo que se merece en cuanto lo encuentres. Trátalo con la misma piedad con la que trató a sus víctimas. Cuando termines con él, busca a Billy Neale,

160

trátalo de la misma manera en la que él trató a tu primo. Recuerda, los inocentes no deben de ser lastimados.

—Lo recordaré, Vela respondió con la mandíbula apretada y dureza en la mirada. Señaló a un grupo de los hombres, quienes lo siguieron rumbo al Hotel Miller, ubicado en la esquina de Elizabeth y la calle Trece.

—Cheno, ¿y nosotros qué haremos?, le preguntó Ceferino Morales.

—Vengan conmigo a la tienda de Werbiski. Compraremos armamento y municiones para nuestra gente. Sé que hay muchos que sólo vienen armados con machetes y cuchillos. Con eso no podrán defenderse si los atacan, le respondió Cheno mientras caminaba por la calle polvorienta. El resto del contingente lo siguió rumbo a la tienda.

Al llegar, Cheno golpeó la puerta de sólida caoba. Un momento después, la puerta crujió al ser abierta. Antonieta, esposa de Werbiski, fue quien abrió, temblando y llorando, asustada.

—Cheno —dijo con voz temblorosa y temor en su mirada—. Tanto mi esposo como yo hemos tratado a todos, pobres y ricos, mexicanos y gringos, con respeto y honestidad. Por favor, no nos lastimes. No es culpa nuestra, se cubrió el rostro sollozando amargamente.

—¡Shhh!, cálmate, Antonieta, tranquila. Esta noche no somos nosotros los que lloramos, no más lágrimas en los ojos mexicanos —Cheno le respondió abrazándola tiernamente—. Llama a tu marido, hemos venido a hacer negocio.

Después de proveer a su gente de rifles, pistolas y municiones, Cheno pagó los cien pesos en plata que le cobraron.

—Gracias, Alejandro —le dijo a Werbiski al pagarle—. Todos sabemos que eres un hombre honesto. Diles a todos que la gente honesta, justa y decente como tú no tiene nada que temer de nuestra parte.

"¿Qué escandalo es ese?", le preguntó Judy, una prostituta recién llegada de Nueva Orleans, a Morris, quien despertó por el ruido de los balazos y los gritos.

—¡Bah, no te preocupes! Son esos mexicanos estúpidos, todavía festejando el aniversario de su independencia. Lo que tienen de escandalosos y ruidosos lo tienen de flojos e inútiles, le contestó Morris, dándose vuelta para seguir durmiendo.

Los tap, tap, tap y cling, cling, cling, de botas y espuelas corriendo en las escaleras le alertaron del inminente peligro. De un brinco, trató de llegar al saco donde guardaba su pistola, antes de que pudiera hacerlo, la puerta cedió de una violenta patada. Un grupo de mexicanos entró.

—¿Qué quieren?, les gritó Morris. Un sudor frío corría por su frente y humedecía sus manos.

—Venimos a apostar, le contestó en tono seco Alejo Vela, quien caminó mirando a Judy. El piso de madera chillaba con el roce de sus espuelas. Al llegar al borde de la cama, tomó la ropa de Judy y se la aventó.

—Es mejor que te vistas y te largues, le dijo.

—Jefe, está buena la güerita —dijo uno de los mexicanos—. ¿Por qué no nos deja tomar turnos con ella?

—Cállate, estúpido —Vela le contestó—. Oíste las órdenes de Cheno. No lastimamos a gente inocente.

Al escuchar el nombre de Cheno, Morris sintió un escalofrió recorrer su espalda. Pero sólo por un instante, recobró la frialdad propia de un tahúr.

—Dices que vienen a jugar —Morris se dirigió a Vela—. ¿Cuál juego les interesa?

—Jugaremos a la carta más alta, Vela le contestó.

—Ya veo. ¿Y qué es lo que está en juego?

—La forma en que morirás.

—¿Cómo es eso?

—Es sencillo, si sacas la baraja más baja, te matamos lentamente, para que sufras lo más posible.

—¿Qué pasa si saco la baraja de mayor valor?

—Entonces me aseguraré de que tu muerte sea rápida.

—No me dejas ninguna oportunidad.

—¿Acaso se la diste tú a tus víctimas? ¡Escoge tu carta!

Adolfo Glavecke se despertó con el ruido de los balazos y la vivas a Cheno Cortina. Escuchándolos, de inmediato supo que estaba en peligro. Dejó la cama y, a toda prisa, se vistió. Se puso el cinturón con la pistola enfundada. Corrió en dirección a la cárcel, cuando llegó, jalaba por aire. Golpeó la pesada puerta y, en cuanto le abrieron, se encontró con Robert J. Johnston, el carcelero, y Viviano García, asistente tanto de Johnston como de Sandoval.

—La gente de Cortina ha invadido el pueblo. Me temo que no con buenas intenciones; ¡tenemos que prevenir a Shears de inmediato!, les gritó en cuanto entró.

El ruido de gente aproximándose impidió que Johnston o García pudieran decir algo; sin responder, se apresuraron a tomar sus armas. Casi de inmediato, golpearon en la puerta.

—¿Quién está ahí?, preguntó Johnston, levantando el rifle y apuntando hacia la puerta.

—¡Abre la puerta, cabrón!, fue la respuesta.

—¡La abriremos cuando venga tu chingada madre encuerada!, García gritó, también apuntando hacia la puerta.

Glavecke sudaba profusamente. Sacó su pistola y apuntó hacia la puerta; temblaba de tal manera que apenas podía sostener el arma.

Balazos volaron la cerradura. Dos mexicanos empujaron la pesada puerta, García y Johnston dispararon. Los mexicanos cayeron, seguidos por otros que entraron disparando. Horrorizado, llorando, Glavecke vio cómo García y Johnston cayeron abatidos. Disparó sin apuntar y corrió escapando por la puerta trasera, dejó una estela de orina.

Una vez en la calle, corrió tan rápido como sus pantalones mojados se lo permitían. Cruzó la calle Elizabeth, dio vuelta en la calle Levee hasta llamar en la puerta de la tienda de Galván. En cuanto le permitieron entrar, se abalanzó y cerró la puerta con todas sus cerraduras.

—La gente de Cortina está aquí, acaban de matar a Johnston y García. Ahora me persiguen, quieren matarme, Glavecke explicó agitado y jalando aire.

—Aunque no somos amigos, y desapruebo casi todo a lo que te dedicas —Galván le contestó—. Puedes quedarte aquí. Cheno es mi amigo y sé que no me lastimará ni a mí ni a mi familia. No se te ocurra intentar algo. Entra, cámbiate los

pantalones mojados y tomemos un café, Galván agregó con
frialdad.

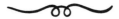

Después de ultimar a Morris, Vela y su grupo caminaron
por la polvorienta calle Elizabeth rumbo a la casa de Neale.
Una hermosa construcción de madera fina, un bien cuidado
jardín al frente, rodeada por una reja de madera. En cuanto
los mexicanos cruzaron la reja, fueron recibidos a balazos.
Cipriano Vela, hermano menor de Alejo, gritó y cayó al piso.
Murió casi de inmediato.

Vio a su hermano muerto. Una repentina furia invadió a
Alejo. "¡Disparen!", gritó mientras sacaba su pistola. Disparó
al parejo que sus compañeros. Dentro de la casa se escuchó
un gemido de dolor. Alejo y sus hombres se acercaron al pórtico donde descubrieron al joven Billy Neale en el piso de
madera, la sangre escurría por la boca, la nariz y el pecho.
Muerto.

—¡Dios mío!, una mujer sollozó en el interior de la casa.

Alejo abrió la puerta principal de la casa. Al abrirla vio
a William Neale, su esposa y dos niños. Todos abrazados y
llorando a gritos, aterrorizados.

—Han matado a Cipriano, tu hermano, debemos pagar
por su muerte; estos merecen morir, Victoriano Ramírez
le dijo.

Alejo miró a Victoriano, luego a la familia Neale, tristeza
en su mirada.

—Ya ha muerto suficiente gente el día de hoy. No somos
asesinos, nosotros no matamos a los inocentes. Demos cristiana sepultura a mi hermano y dejemos que ellos entierren

a su hijo, dijo con voz metálica. Una lágrima corría por su mejilla.

El estruendo de caballos al galope, balazos y gritos despertaron a Shears.

"¡Libertad a los presos! ¡Justicia para los mexicanos! ¡Viva Cortina!", estos gritos casi de inmediato aclararon su mente. Saltó de la cama, se vistió y corrió hacia la cárcel. Antes de llegar, se percató de que los mexicanos se le habían adelantado. Supo que no había nada que pudiera hacer para ayudar a Johnston y García, nada que pudiera evitar que liberara a los presos. Era su vida la que estaba en peligro. Si los mexicanos lo encontraban, lo tratarían como él trataba a sus presos, sin piedad.

Una repentina sensación de terror se apoderó de él. Huyó del lugar, sólo pensando en encontrar un sitio donde pudiera ocultarse. Corrió por la calle Doce hasta llegar a una pastelería, a donde entró buscando, desesperado, un refugio. En el traspatio encontró un viejo horno en evidente desuso. Gateando, entró en el horno y cerró la puertecilla de metal detrás de sí. Lloraba y temblaba; sudoroso, percibió un hedor desagradable. El peso agregado en sus pantalones y la repentina humedad del horno de adobe lo hicieron consciente de que sus esfínteres se habían relajado.

Unas horas después, instalados en el Fuerte Brown, Tomás le informaba a Cheno.

—No hemos encontrado a Glavecke ni a Shears —le dijo—. Glavecke estaba en el edificio de la cárcel, pero logró escapar.

166

Es seguro que se esconde en alguna de las casas de los alrededores. ¿Quieres que lo busquemos casa por casa?

—No, hay gente inocente en esas casas y no quiero ponerlos en peligro —contestó Cheno—. Pero patrullen las calles, si alguien ve a Shears o a Glavecke, no les tengan piedad.

—Es curioso, pero nadie ha visto a Shears. La puerta de su casa está abierta, pero no hay nadie. Desapareció, se ha esfumado, un rayo de luz se filtró por la ventana. El sol está apareciendo, un nuevo día ha llegado para todos, Tomás agregó.

Un poco más tarde, Vela entró:

—Cheno, aquí hay algunas personas tanto de Brownsville como de Matamoros que desean hablar contigo —le dijo, con mirada aun triste, un tono metálico en su voz—. Entre ellos están Stillman, el general Carbajal, Miguel Tijerina e Iturria, dicen que vienen en paz.

Cheno estaba desayunando. Tomó una tortilla de harina y, usándola como cuchara, levantó del plato una porción de los huevos revueltos con salsa de chile. Masticó lentamente el picor de la salsa. Le hizo sudar. "Que pasen. Oigamos lo que tienen que decir", dijo para luego tomar un trago de café con canela. Con el dorso de su mano derecha se limpió el sudor de la frente.

—Cheno, no sé si te das cuenta de lo que has hecho. Has creado un incidente internacional. México ya tiene suficientes problemas con la inminente invasión por algunos de los países europeos para que ahora tú le agregues otro más, le dijo el general Carbajal apenas hubo entrado.

—No tengo intención de crear problemas, mucho menos una guerra. Por voluntad propia decidí quedarme de este lado del río. Mi rancho está aquí, mi esposa y mi familia viven aquí, pero nos tratan con desprecio, no hay justicia para los nuestros. Nuestras tierras, nuestras propiedades, nuestra libertad nos han sido arrebatadas —Cheno contestó para luego apuntar hacia San Román, Iturria y otros—. Y ustedes se han quedado callados, mientras nuestro orgullo y nuestra dignidad es pisoteada, ustedes miran a otra parte. Ésta es nuestra tierra y, ahora, somos tratados como invasores indeseables. ¡En nuestra propia tierra!

Sus ojos verdes centelleaban. Su barba roja brillaba con la luz que entraba por la ventana. Su barbilla temblaba por la emoción. Se volvió hacia Carbajal.

—Y tú, general Carbajal, veo que has venido con tu ejército. ¿Para qué? ¿Para pelear contra los tuyos? ¿Para pelear en contra de los que hemos venido buscando justicia? ¿Para pelear al lado de quienes han humillado, han asesinado y han robado a nuestra gente? ¿Al lado de quienes han obligado a muchos a abandonar sus propiedades?

—Cheno, podemos entender tu enojo —le dijo Stillman—. Pero la forma en que tú y tus hombres han actuado es la forma incorrecta. Entrando al pueblo en medio de la noche, matando gente, tomando a toda la población como rehén, así no lograrán lo que buscan —sus ojos azules normalmente fríos e inexpresivos, parecían amigables y cálidos hacia Cheno.

—Lo que dice Charles es correcto, Cheno, la vía de la violencia es la vía equivocada —Tijerina intervino—. Sin embargo, has hablado con la verdad. Nos has dado una lección. Espero que todos hayamos aprendido algo de ella.

—Cheno, lo que has hecho requiere de valor y coraje. Valor y coraje que pocos tienen —Carbajal retomó la palabra—. Pero ahora, por la seguridad y tranquilidad de todos, tú y tus hombres deben de marcharse.

Cheno frunció el ceño, acariciando su barba, pensativo y ponderando la situación. "Tienen razón", dijo al cabo de unos instantes, poniéndose de pie, "pero que quede claro. No toleraremos más injusticias contra los débiles y los humildes".

Un par de horas más tarde, Cheno y sus hombres salían de Brownsville. Esta vez cabalgaban despacio, erguidos en sus monturas. Al verlos partir, la gente del pueblo salió a las calles vitoreándolos con entusiasmo. Muchos caminaban a su lado, orgullosos y agradecidos, sentían su dignidad restaurada.

Saliendo del pueblo, Cheno y su gente se dirigieron hacia su rancho, donde ya lo esperaban sus hermanas y hermanos; Estefana, su madre; y Rafaela, su esposa. Apenas llegó, explicó a su familia la razón de sus acciones. Pidió a Chema que redactara un manifiesto en que explicara a todos los motivos y razones detrás de lo ocurrido. Chema estuvo de acuerdo y empezó a trabajar en ello, casi de inmediato. Sabas, aunque disgustado, había acordado con Estefana no discutir con Cheno. Al terminar de explicarles, Rafaela y Cheno se retiraron.

CAPÍTULO
XIII

El alcalde Powers, presionado por Glavecke, Shears, King, Kenedy y otros, citó a una reunión en la sede del ayuntamiento. Entre los convocados, además de los ya mencionados, se encontraba Iturria, San Román, Stillman y otros prominentes miembros de Brownsville. Servando Canales, conocido miembro del Partido Conservador de México, el General Carbajal, los hermanos Tijerina y otros acaudalados comerciantes de Matamoros también acudieron.

Stillman observó nerviosismo y ansiedad entre la mayoría de los asistentes; otros, como Glavecke, estaban visiblemente asustados. Aunque Shears intentaba mostrar severidad en su comportamiento, sudaba copiosamente, a pesar de ser una fresca mañana de otoño. Stillman sonrió, también nervioso, la mayoría de los presentes tenía razones de sobra para temer a Cortina. Sólo Iturria, San Román y los hermanos Tijerina parecían tranquilos. "¿De qué lado están?", Stillman se preguntó.

Glavecke fue el primero en hablar.

—Cortina es peligroso, como el chacal que es, ocultado por la oscuridad de la noche, invadió al pueblo y asesinó a nuestros amigos y vecinos —se puso de pie, levantando su brazo derecho con el puño cerrado—. ¡Debemos ponerle un alto! ¡Cortina tiene que ser castigado!, gritó en tono severo moviendo los brazos para enfatizar sus palabras.

—Debemos aceptar que lo que Cortina ha hecho es comprensible. La ilegalidad ha crecido de manera alarmante y los castigos son severos sólo para los que tienen menos, especialmente si son mexicanos. A todos nos consta que actos criminales han sido cometidos sin castigo. Algunos ya lo recibieron a manos de Cortina, dijo Iturria con voz calmada pero firme.

—¿Estás acusando a alguien en particular?, gritó Shears furioso.

—Sólo estoy diciendo los hechos, Iturria replicó sin dejarse amedrentar.

—No nos hemos reunido para discutir los motivos que tuvo Cortina —medió Kenedy—, sino para planear nuestra defensa y prevenir futuros ataques —paseó la mirada entre los asistentes—. Me he encargado de que el gobernador esté enterado de lo ocurrido —sonrió como felicitándose a sí mismo—. No tengo duda de que su respuesta será enviar por lo menos a los *rangers* para defendernos. Mientras eso sucede, debemos tener un plan de acción.

—Empezaremos por poner barricadas con hombres armados en las vías de acceso a la población. De esa manera evitaremos un nuevo ataque por sorpresa, Powers intervino.

—Es una buena idea, pero insuficiente —opinó Kenedy—. Debemos tomar la iniciativa, atacar, capturarlo y asegurarnos de que se vaya del país para nunca volver. Es la única forma de tener tranquilidad. Mis hombres están listos, pero necesitamos voluntarios. El cañón de mi barco El Ranchero lo pongo a su disposición. ¿General, usted cree que tendremos apoyo de Matamoros?, preguntó a Carbajal.

Carbajal se acarició el bigote pensativo:

—Podemos enviar setenta hombres y un cañón mayor que el de usted —contestó—. La mayoría de los comerciantes de Matamoros también consideran que lo que Cortina ha hecho pone en riesgo la paz entre los dos países.

—Estoy de acuerdo con el general —secundó Canales—. Hay que ponerle un alto a Cortina y a todos los que piensan como él.

—Yo no estoy completamente de acuerdo —San Román intervino—. En mi opinión, deberíamos comenzar por hablar con Cortina. Aunque para algunos de los presentes Cheno es un individuo violento, les puedo asegurar que es tan razonable, o más, que cualquiera de los que estamos aquí.

—¿De qué lado estas? —le gritó enfurecido Shears—. Cortina es un asesino despiadado, agregó, escupiendo al gritar.

—Todos sabemos que Cortina tuvo motivos para hacer lo que hizo —San Román le replicó de inmediato—. Tú mejor que nadie lo sabe, agregó apuntando con el dedo al *marshall*.

Shears, furioso, se levantó amenazando a San Román con los puños. El *sheriff* Brown, con la ayuda de otros, lo contuvo.

—¡Caballeros, caballeros! —terció Powell alzando la voz—. No estamos aquí para pelear entre nosotros, sino para planear cómo proteger a la población de futuros ataques.

—Cortina mató y robó a nuestros amigos y vecinos. Debe ser castigado con todo el rigor de la ley ——intervino Glavecke—. Alexander —volteó hacia Werbiski—. ¿Vas a presentar denuncia por lo que robaron de tu tienda?

—Me pagó lo que compraron. No tengo de que acusarlo —Werbiski le contestó—. De hecho, me pidió que les dijera…

—¡No nos importa lo que haya dicho! —lo interrumpió Glavecke—. ¿Acaso lo defiendes?

—Si bien es cierto que en ocasiones hace cosas arrebatadas, es un hombre bueno; en más de una ocasión ha demostrado que se preocupa por la gente común, contestó Werbiski.

—¡No puedo creerlo! —intervino Shears—. Ahora resulta que el criminal es un héroe. Quizá debamos de unirnos a su causa, agregó en tono sarcástico.

—Claro que no —participó por vez primera Stillman—. Pero sí debemos ser cautelosos con nuestras acciones, de lo contrario lo convertiremos en héroe. Antes que nada, estoy de acuerdo con que debemos protegernos de futuros ataques. Así que propongo apoyar a alcalde Powers y al señor Kenedy en sus planes. Pero, también, San Román tiene razón. Debemos hablar con Cortina, de esa manera sabremos qué es lo que se propone —al hablar paseó su mirada entre los presentes, evaluando la reacción a sus palabras.

—Hay una propuesta. Quienes estén de acuerdo, levanten la mano —el alcalde Powers solicitó—. Bien —dijo observando que todos levantaron la mano—. ¿Quién se hará cargo de organizar las barricadas y el plan de defensa? ¿Y quiénes integrarán la comisión que irá a hablar con Cortina?

—Yo me hago cargo de las barricadas y el plan de defensa —se apuntó Kenedy—. Espero que el general y su gente se unan a los 'Tigres de Brownsville'. Si Cortina se atreve a atacar, le daremos una lección. Agregó sonriendo, satisfecho de sí mismo.

"Un poco sobrado", pensó Stillman. "Espero que no sea Cortina quien nos dé una lección".

—Bien, mientras Kenedy se encarga de las barricadas, propongo que seamos Iturria, San Román Stillman y quien desee unirse, quienes vayamos a hablar con Cortina, dijo Werbiski.

Unos días después, la comisión se presentó en el rancho San José.

La gente decente y honorable no tiene nada que temer de mí o de mis compañeros —Cheno le dijo a la comisión—. Pero esos que tuercen la ley a su propia ventaja, esos que abusan de ciudadanos humildes, pobres, inofensivos y desprotegidos, esos sí que tienen razón para tener miedo. Gente como ustedes pueden dormir tranquilos, no tenemos nada en contra suya.

—Cheno, admitimos que tienes razones de peso que te justifican, pero de tu parte, debes de entender que nos has puesto en una situación difícil —le dijo Iturria—. Si esto continúa, puede quedar fuera de control. Puede, inclusive, desatar una nueva guerra. Hay mucha tensión, pero tú tienes el poder de detener esto. Dices que te interesas por la gente, por los débiles, venimos con la esperanza de apelar a tu sentido de responsabilidad.

Cheno se puso de pie. Caminó hacia la ventana y miró a los vaqueros acampados en su rancho.

—La noticia de la rebelión ha viajado por todos lados, muchos se nos han unido, gente de todo Texas y del norte de México —apuntó al campamento—. No sólo son mexicanos, hay irlandeses, alemanes e italianos. Todos tienen razones para luchar. No puedo ignorarlos.

174

—Todos estamos conscientes de que muchos pueden sentirse engañados y abusados. Pero más violencia no solucionará nada, sólo agravará el problema —Stillman insistió—. Tú puedes ayudar dando un paso en la dirección correcta y parando la violencia. Seguir por este camino pone a todos en peligro, eso incluye a tu familia y, sobre todo, a quienes dices estar protegiendo.

Cheno miró a Stillman. A pesar de que lo consideraba un comerciante frío y calculador, sintió sinceridad en sus palabras.

—Además, Cheno, no perdamos de vista que hay asuntos de mayor gravedad que se nos vienen encima. No olvides que México pronto necesitará de todos sus hijos. Si realmente quieres pelear por una causa justa, honra tu compromiso de integrarte al ejército mexicano y pelea contra los invasores europeos, razonó Tijerina.

—Nos has dado una lección que no olvidaremos. Eso te lo garantizo, Werbiski agregó.

Cheno se volvió hacia sus huéspedes, los miró a todos y respondió:

—Como ya les he dicho, gente honesta y justa no tiene nada que temer. Chema lo ha puesto por escrito en el manifiesto que estoy seguro han leído —tomó una pausa antes de continuar—. Hemos intentado acoplarnos a las nuevas reglas y vivir conforme a sus leyes. A pesar de eso, muchos han sido despojados de lo que era su propiedad. Sin embargo, no quiero ser quien cause problemas a quienes son mis amigos y vecinos. Para que vean que hablo en serio, les informo que Rafaela y yo nos moveremos a México. Nos iremos en paz —su barba y pelo rojo brillaban con la luz del sol, levantó su mano derecha con el puño cerrado—. Pero si continúan los abusos y agresiones, si campesinos honestos, si gente humilde, de cualquier nacionalidad, es tratada injustamente, si les roban sus tierras y posesiones, mis hombres y yo regresaremos a defender sus derechos y castigar a los responsables. ¡Eso se los juro!

—Bien dicho, Cheno. Esa es la actitud correcta —dijo Stillman—. Mantener la paz en el valle debe de ser nuestra prioridad. Estamos orgullosos de ti. Gracias por lo que haces, se puso de pie, todos lo imitaron asintiendo con la cabeza y sonriendo satisfechos.

Dos semanas después, Cheno y sus vaqueros guiaban el ganado a través del Río Bravo.

—Tomás, te quedas a cargo del rancho San José. Cualquier problema consúltalo con Sabas o con Chema. Por favor, al mismo tiempo no descuides el rancho de mamá, Cheno instruyó a su buen amigo después de haber cruzado.

—Ve tranquilo, Cheno, sabré mantener las cosas en orden hasta tu regreso —le contestó Tomás—. Cuídate mucho si te toca enfrentarte a los invasores —las arrugas de su rostro se hicieron más profundas al fruncir el ceño mirando en dirección al norte—. Ese bandido de Glavecke y sus amigos nos observan, vigilan todo lo que haces. Me pregunto. ¿Qué planean ahora? Son como buitres, su sola presencia presagia algo malo, agregó controlando a su nervioso caballo.

Esa misma noche, en casa de Glavecke, ubicada en la calle Diez, hubo una reunión para discutir los sucesos de los últimos días y los avances en los planes de defensa de la ciudad. Además del anfitrión, estaban presentes Miflin Kenedy, Jean Vela, Joaquín Vázquez, el *marshall* Shears, entre otros.

—Bueno, dadas las circunstancias, parece que el chacal asesino de Cortina no será castigado como se merece, Shears dijo con tono rencoroso.

—Lo vimos cruzando su ganado hacia México —dijo Jean Vela fumando de su puro—. Es mucho ganado, me pregunto si es realmente suyo, agregó sonriendo cínicamente, mostrando sus dientes de un color café verdoso.

—Todos sabemos que es abigeo —Vázquez apuntó—, quizá haya aprovechado para llevarse ganado que no le pertenece.

—Un ladrón de ganado como lo es él no debe quedar sin castigo, Shears insistió.

—Ahora está del lado mexicano, mientras esté allá, no podemos hacer nada. Además, no olvidemos que en ambos lados del río hay muchos que lo ven como su héroe, el defensor de sus derechos —intervino el *sheriff* Brown—. Intentar hacer algo en su contra no sólo es tonto, sino que desataría una ola de violencia.

—Tienes razón, pero aun así debemos darle una lección, tanto a Cortina como a sus seguidores. Si dejamos que los mexicanos, o cualquier otro grupo de salvajes haga lo que les parece, seremos nosotros quienes estaremos en serios problemas —Shears continuó insistiendo—. Debemos dejar bien claro quién está al mando.

—¿Y qué propones?, le preguntó Kenedy.

—Nos has dicho que el gobernador planea enviar un destacamento de *rangers*, propongo que en cuanto lleguen, vayamos al rancho San José. Si bien es cierto que, por el momento, no podemos castigar a Cortina, si podemos castigar a sus seguidores —Shears se puso de pie, metiendo las manos en las bolsas del pantalón, sonriendo cínicamente, orgulloso de su propuesta—. ¿Quién sabe? —continuó—, quizá hasta recuperemos el ganado que les robaron a ti, el señor King y otros.

Kenedy aplaudió una vez, sonriendo: "Me gusta ese plan, lo secundo y brindo por eso".

"¡Salud!", secundó Vázquez mientras levantaba su copa.

Tres semanas más tarde, en un frío y lluvioso día de noviembre, veinticinco hombres cubiertos con impermeables amarillos cabalgaban por la lodosa calle Elizabeth. La mayoría delgados y correosos. Todos, incluso los más jóvenes tenían un aspecto intimidante, violento y cruel. Algunos lucían profundas cicatrices, visibles a pesar de la suciedad y la barba sin afeitar; otros cubrían con parches negros el agujero donde alguna vez estuvo un ojo. Todos mascaban tabaco lanzando frecuentes escupitajos negruzcos, verdosos, amarillentos, tan espesos que rebotaban al caer sobre el lodo. El líder tosía frecuentemente, escupiendo sangre y flema amarillenta. Cabalgaban lentamente con intención de aumentar el temor que sabían que su presencia infundía en quienes los miraban.

—Papá, ¿quiénes son esos?, preguntó un niño que los miraba a través de su ventana.

—Esos son los 'rinches' que el gobernador ha mandado supuestamente para protegernos de Cortina. Pero, viéndolos, me pregunto: ¿quién nos va a proteger de ellos? El hombre abrazó a su hijo como protegiéndolo de un inminente peligro.

Un mes después, en Matamoros, Cheno y Rafaela participaban en una de las tradicionales posadas que recreaban

178

el peregrinar de José y María buscando hospedaje. Era una noche fría, después de ver a los niños romper la piñata, entonar cánticos y rezar el rosario, Cheno disfrutaba de tamales acompañados con champurrado, conversando con sus amigos. De pronto, Alejo Vela entró casi corriendo. En cuanto lo vio, Cheno supo que algo andaba mal. Alejo sudaba profusamente, era obvio que había cabalgado una larga distancia. Alejo apretaba la quijada, los ojos saltones y, a pesar del frío de la noche, sus mejillas estaban pálidas. Cheno, mirando a Alejo, tragó el tamal que tenía en la boca y puso la taza de champurrado a un lado.

—Cheno —le dijo Alejo en cuanto estuvo frente a él y pudo calmarse—, traigo malas noticias —todos enmudecieron, atentos a lo que Alejo iba a decir. Rafaela palideció, ansiosa, tomó la mano de Cheno.

—Glavecke, Shears y los 'rinches' atacaron al rancho San José. Mataron a quienes se encontraban ahí, incluyendo mujeres y niños. Se llevaron todo el ganado argumentado que es robado —Alejo pausó, nervioso—. Tomaron prisionero a Tomás, lo piensan colgar acusado de abigeato.

Un murmullo de disgusto se generalizó. Cheno permaneció un momento en silencio. Volteó para ver a Rafaela que tenía la mirada fija en él.

—Severo, trae mi caballo —le pidió a uno de los presentes—. Avisa a los muchachos, que estén listos, marchamos a Brownsville de inmediato.

—Cheno —dijo Rafaela abrazándolo y susurrándole al oído—. Ten mucho cuidado, mi amor. Hace dos meses que no sangro.

Cheno la miró sorprendido, feliz por la noticia. La besó. Dudó por un instante, vio a Sabas y le indicó que se acercara.

—Hermano —le dijo—. Por favor, cuida bien a mamá y a Rafaela. Pronto serás tío.

CAPÍTULO
XIV

Era una noche oscura, fría, húmeda. Aunque acostumbrados a las caprichosas condiciones climáticas del otoño en el valle del río, cabalgaban con dificultad debido al violento viento en contra. Relámpagos en el horizonte presagiaban tormenta. El susurrar de las palmas impulsadas por el viento, el silbido de la brisa, el croar de las ranas, el aullido de lobos a la distancia, creaban una sinfonía que hubiese sido placentera para alguien con menos prisa. Cheno y Alejo necesitaban de toda su habilidad para cabalgar en el terreno lodoso y combatir el viento. Buscaban llegar al campamento donde aguardaban los hombres de Cheno. De allí, irían a Brownsville a rescatar a Tomás.

Con dificultad, atravesaron una resbalosa y traicionera resaca, de pronto se vieron rodeados por hombres a caballo. Los relámpagos iluminaban los cuerpos semidesnudos de los indios que los envolvían en círculo. Los caballos relincharon y repararon al apretarles las riendas para detenerlos repentinamente.

"¡Comanches!", exclamó Alejo, preocupado. "¡Estamos perdidos, no tenemos escapatoria!"

Sin darles oportunidad de defenderse, fueron empujados de sus caballos, el lodo amortiguó su caída. Con fuerza los levantaron, sosteniéndolos sin dejarlos mover. Cheno intentó zafarse y en el forcejeo el talismán alrededor de su cuello fue notado por uno de los comanches, quien se lo arrancó con violencia. Al examinarlo, el comanche dijo algo a quienes los sujetaban, al parecer una orden porque de inmediato relajaron el control. El comanche que había arrancado el collar se dirigió hacia su líder, quien permanecía montado observando a cierta distancia.

Al ver el collar, el jefe comanche desmontó y, sujetándolo, se encaminó hacia Cheno con la vista clavada en él.

—¿Cómo lo obtuviste?, preguntó a Cheno, mostrándole el talismán.

—Me lo obsequió uno de sus jefes hace ya algún tiempo, Cheno contestó.

—Este collar identifica a nuestros jefes —le explicó el comanche—. Tú debes ser el hombre blanco de quien se habla entre nosotros. Hay una historia de un mexicano que en los alrededores del Río Bravo compartió su comida y sus caballos cuando nuestra gente lo necesitó. Es una historia contada entre nosotros, yo la escuché por vez primera en la misión de Parras.

Ordenó que soltaran a Cheno y Alejo. El jefe comanche devolvió el collar a Cheno, quien de inmediato se lo puso. Recogieron sus sombreros del lodo, los sacudieron antes de cubrir sus cabezas.

"Iremos a donde ustedes vayan", les dijo el jefe una vez que todos montaron.

El viento, la lluvia y los relámpagos se intensificaron. Al sentir las gotas caer sobre su rostro, Cheno se sintió feliz, entusiasmado. Consideraba como de buen presagio la repentina aparición de los comanches y la actitud que habían tomado.

—Parece que se están preparando para un combate, comentó el jefe comanche en cuanto llegaron al campamento.

—Es verdad —respondió Alejo—. Cruzaremos el río hacia Brownsville, una vez allí, si es necesario, pelearemos para liberar a los nuestros.

—Pelearemos a su lado. Sus enemigos son nuestros enemigos; su lucha es nuestra lucha, dijo el jefe comanche con énfasis en sus palabras.

Cheno perfiló su caballo para quedar de frente al comanche: "Son bienvenidos para sumarse a nuestra causa, tenemos una causa común, una causa que es justa. Pero, debo de dejar claro que además de pelear juntos, lo único que ofrecemos a cambio es compartir nuestros alimentos. No peleamos por dinero, no peleamos por tierra, no peleamos por poder. Peleamos sólo por orgullo, peleamos por nuestra dignidad, peleamos por respeto. Eso es todo".

—¿Acaso hay alguna mejor razón para pelear? ¿Alguna mejor forma de morir que peleando por orgullo, respeto y dignidad? Morir por eso es la muerte digna de un guerrero, respondió el comanche con la frente alzada, sonriendo.

Cheno miró al comanche y le devolvió la sonrisa.

—Tienes razón, no se me ocurre nada mejor —replicó. Volteó hacia Alejo—. Prepara a la gente. Nos vamos de inmediato.

Para la noche siguiente, Cheno y su gente acamparon a las afueras de Brownsville. Una vez instalados, Cheno envió a Alejo para contactar al alcalde Powers y concertar una reunión. Stephen Powers aceptó. Powers, el capitán Tobin —comandante de los *rangers*—, Kenedy, el general Cavazos y otros prominentes ciudadanos tanto de Brownsville como de Matamoros, se presentarían después del amanecer en el campamento de Cortina.

—Caballeros —les dijo Cheno al reunirse—, no es nuestra intención causar problemas, todo lo que pedimos es que liberen a Tomás. En cuanto esté con nosotros, sano y salvo, nos iremos como llegamos, en paz. Nadie saldrá lastimado, nadie será perjudicado, no habrá pérdidas que lamentar —estaban todos sentados alrededor de la fogata que la gente de Cheno había encendido.

—Tomás Cabrera ha sido acusado de participar en los sucesos que culminaron con el asesinato de varios hombres —respondió Tobin. Tosió cubriendo su boca con un pañuelo rojo—. Varios testigos lo han confirmado…, hiisss…, pero…, hiisss…, más importante…, hiisss…, Cabrera confesó cuando fue interrogado por Kasus Sandoval…, hiisss…, Cabrera será colgado…, hiisss…, como lo serás tú y…, hiisss…, cualquier otro que viole la ley —su voz era gutural, áspera, como proveniente de un hoyo, silbaba al respirar y hablar. Sus frecuentes accesos de tos hicieron que su respuesta fuese intermitente.

Cheno sintió un escalofrío recorrer su espalda al escuchar esa voz fantasmagórica. Se estremeció al ver a Tobin escupir sangre; sus mejillas descarnadas y pálidas, los ojos hundidos y las uñas largas con las puntas de los dedos de un color violáceo, hinchados. "Este hombre tiene los días contados", Cheno pensó, cayendo en la cuenta de que, por esa razón, sería un enemigo inmisericorde, insensible al sufrimiento de otros, un hombre cruel y despiadado.

—Además, si intentas algo, te advierto que ahora estamos preparados —Kenedy intervino—. Si en algo aprecias tu vida y la de los que te siguen, te irás en paz hoy mismo. De lo contrario, no tendremos compasión.

Sorprendido por la rudeza en la voz de Miflin, Cheno lo volteó a ver. La mirada de Kenedy, por lo común alegre y amistosa, ahora era fría y amenazante. Kenedy no bromeaba. Querían pleito, lo provocaban a propósito, por alguna razón, deseaban pelea. Cheno sintió sus músculos tensos, respiró profundo, a pesar de que estaba dispuesto a pelear, hubiera preferido evitarlo. Una profunda tristeza le invadió. Casi por instinto, levantó la mirada. En el cielo azul y brillante, buitres volaban en círculos.

—Cheno —dijo el alcalde Powers—. Te aseguro que Cabrera tendrá un juicio justo. Hay muchos que testificarán a su favor. Muchos de nosotros entendemos que lo sucedido tuvo una razón de ser.

Cheno observó como Shears y Tobin miraron a Powers con rencor y desprecio.

—Tomás Cabrera debe ser liberado. Una vez que esté con nosotros nos iremos y habrá paz —anunció Cheno mirando hacia Tobin y Kenedy, su voz firme y clara—. Si desean pelea, la tendrán. Pero que quede claro. La decisión es vuestra. Esperaremos hasta mañana al oscurecer. Si para entonces Tomás no está con nosotros, iremos y lo liberaremos por la fuerza si ustedes lo hacen necesario.

—Debes saber que el gobierno mexicano no te apoyará. No queremos otra guerra, le dijo el general Cavazos.

—Nadie de nuestra parte desea otra guerra. Todo lo que pedimos es justicia. Si ustedes, los ricos y poderosos, prefieren mirar a otro lado mientras sus vecinos, sus amigos, son robados, humillados, asesinados, enviados a prisión sin haber cometido delito alguno. Si ustedes pueden ignorarlo y pretenden que nada pasa, nosotros no podemos, no queremos y no lo haremos. Sus lamentos son escuchados por nosotros, sentimos su dolor, los defenderemos —Cheno replicó con firmeza—. Pero insisto, no deseamos una guerra. Igualdad y trato justo es todo lo que pedimos —al hablar, sus mejillas se ruborizaron, sus ojos brillaron y su espalda se irguió.

—Los amigos de sucios salvajes como éste no merecen respeto ni compasión —dijo Tobin, clavando su mirada en el comanche sentado a un lado de Cheno y poniéndose de pie—. Lo que venimos a decir ha sido dicho. Adiós. La próxima vez que nos veamos serán las balas las que hablen —tosió escupiendo un coágulo sanguíneo que rebotó contra el suelo camino rumbo a su caballo. El resto del grupo también se puso de pie y lo siguió.

Esa noche, Cheno paseaba alrededor del campamento. Los caballos pastaban tranquilamente. "El pasto está crecido y nutritivo aun en esta época del año", pensó. Este valle es ideal para la cría de ganado. Recuerdos de su infancia y adolescencia le vinieron a la mente. Sonrió al recordar cómo Tomás le había enseñado a montar, capturar y domar caballos. Recordó a Tomás mostrándole los secretos del valle, como recapturar un toro huido. En su imaginación, apareció Rafaela, embarazada, retoño de su mutuo amor.

Contento, sonrió alegremente. Tenía la esperanza de que con quienes había hablado esa mañana, los líderes de

Brownsville, razonarían y actuarían con sensatez, de tal manera que todo se resolviera pacíficamente. Se detuvo y miró hacia el poblado que no estaba lejos.

A pesar de la humedad y la densa neblina, a la distancia pudo ver colores rojizos y amarillentos moviéndose cual si fuesen luciérnagas gigantes. Se escucharon gritos, sonidos intermitentes y balazos, después, silencio.

—¿Qué piensas que sucede?, le preguntó Alejo acercándose.

—No lo sé, parece ser algo violento, Cheno respondió.

—Mira, un par de jinetes salen a todo galope del pueblo, vienen en esta dirección, dijo Alejo apuntando en dirección al poblado.

—Espero que nos informen qué sucede, dijo Cheno preocupado.

En poco tiempo, los jinetes arribaron al campamento y cabalgaron hacia donde Cheno y Alejo se encontraban.

—¡Cheno! —uno de ellos gritó en cuanto se aproximaron—. ¡Deben de darse prisa, los rinches están a punto de linchar a Tomás!

—¿Qué dices? —gritó Cheno— ¿Qué es lo que está pasando?

—Entre Shears, Glavecke, Sandoval y los rinches han provocado una revuelta, van camino a la cárcel, azuzando a la gente para que Tomás sea colgado por abigeo. Han rodeado la casa del *sheriff* Brown, no le permiten salir, no hay nada que él pueda hacer para detener el linchamiento. ¡Deben hacer algo, rápido!, le contestó el sujeto gritando.

—¡Rápido, a sus caballos!, ordenó Cheno.

Como los vaqueros experimentados que eran, les tomó poco tiempo ensillar sus caballos y estar listos. Aun así, preciosos minutos habían transcurrido. Aunque cabalgaron a todo galope, dejando atrás los humildes jacales con paredes de madera y techos de hojas de palma, cruzaron por las casas de adobe para finalmente atravesar por las casas de madera y ladrillo, con jardín al frente. Para cuando llegaron a la plaza del mercado, Brownsville estaba en calma, un profundo silencio. Sólo se escuchaba el croar de las ranas, el canto de los grillos, el murmullo de las hojas de palma agitadas por el viento. Silencio, nadie caminaba por las calles, los portadores de las antorchas habían desaparecido. La densa neblina daba a Brownsville un aspecto lúgubre, siniestro. Puertas y ventanas cerradas. Sólo había algunos perros flacos olfateando un cuerpo inerte frente al edificio del mercado.

Cheno desmontó. Caminó lentamente hacia el cuerpo cubierto de sangre y lodo. Todavía tenía una soga atada al cuello y otra alrededor de los tobillos. Docenas de moscas zumbaban alrededor del cuerpo. Al acercarse, Cheno reconoció a Tomás. Se arrodilló y levantó la cabeza de su amigo. La cabeza se movió, pero el cuerpo permaneció inmóvil, sólo la piel los mantenía unidos. Los caballos de Sandoval casi lo habían decapitado.

Con ternura, Cheno tomó el cuerpo de los hombros y lo descansó sobre sus rodillas, acariciando el demacrado rostro sin rasurar, surcado por profundas arrugas. Sollozando, miraba ese rostro tan querido. Alzó la cabeza y lanzó un salvaje grito de dolor, un aullido angustioso que se escuchó en Matamoros y recorrió el valle. Relámpagos hicieron eco e iluminaron la escena. El resto de los hombres miraba a la distancia, cabezas bajas, algunos llorando.

—Cheno —se acercó Alejo—, ¿qué hacemos ahora?

—Quememos el pueblo en venganza, dijo alguien.

—No —Cheno le atajó de inmediato, colocando tiernamente el cuerpo de Tomás sobre el suelo y poniéndose de pie—. La mayoría de los habitantes son inocentes —hizo una señal a algunos hombres para que se acercaran—. Con mucho cuidado, llévenlo a El Carmen. Que laven y limpien bien todo el cuerpo y lo rasuren. Tú, ve y busca al padre Nicolás. Que oficie misa para honrarlo y darle cristiana sepultura.

Cheno intentó caminar hacia su caballo, pero sus piernas flaquearon, hubiese caído al suelo si Alejo no lo hubiera detenido. Cheno puso su cabeza sobre el pecho de Alejo y lloró.

Encontraron una carreta para transportar el cuerpo de Tomás. Cheno y sus hombres salieron del pueblo en lenta procesión. Las casas de madera y ladrillos, con bien cuidados jardines al frente, permanecieron cerradas y a oscuras. En cuanto llegaron a las casas de adobe, la gente salió con velas encendidas para caminar junto a la carreta. Las mujeres con la cabeza cubierta por rebozos, los hombres sosteniendo sus sombreros de palma. Todos murmuraban el rosario al caminar. Al llegar a los humildes jacales, la gente salió y cubrió el cuerpo de Tomás con flores silvestres.

CAPÍTULO
XV

Días después, la familia Cortina se reunió en el rancho El Carmen. Además de los miembros de la familia, Sabas invitó a Charles Stillman, Francisco Iturria y José San Román. Exceptuando a los invitados, todos los miembros de la familia Cortina vestían de negro. Consideraban a Tomás como uno más de ellos.

—Cheno —Sabas abrió la discusión—. Tu gente ha sitiado a Brownsville, impiden el paso de todos, decomisan la correspondencia —enojado, se puso de pie, clavando su mirada en Cheno, alzó la voz—. ¿Acaso te has vuelto loco? ¡Has empezado una guerra que sabes que no puedes ganar! —respiró profundo, tranquilizándose, tomó asiento—. ¿Qué pretendes con esto?

—No hemos sido nosotros quienes empezamos— contestó Cheno, sosteniendo la mirada de su hermano—. Hace tiempo que la iniciaron quienes han abusado de las circunstancias. Es cierto, México perdió la guerra y, como consecuencia, estas tierras son ahora parte de los Estados Unidos. Sin embargo, hay un tratado que garantiza derechos para los nuestros. Todos deben respetar ese tratado, no sólo nosotros —sonrió—. No estamos decomisando el correo, sólo nos aseguramos de que no manden información falsa. Una vez que nos aseguramos de eso, lo dejamos seguir.

—Bueno, tal vez tengas razón en cuanto a la correspondencia, pero, en lo que concierne al tratado, debes admitir que hemos sido tratados justamente.

—¿Justamente? —Cheno replicó en tono sarcástico, se puso de pie para dar mayor énfasis a sus palabras—. Tomás fue asesinado, a mamá le pagaron un miserable dólar por las tierras donde construyeron Brownsville. Además, te recuerdo que cuando digo "nuestra gente", me refiero a nuestros amigos, nuestros compañeros, la gente con la que hemos compartido tantas cosas por tanto tiempo. Gente con la que crecimos, cuyas familias han estado aquí por más de cien años, cuyos abuelos, junto con los nuestros, dieron vida a este valle.

—Debes entender que el trato con tu madre doña Estefana fue justo —Stillman intervino—. De otra manera, corrían el riesgo de perder todas sus propiedades.

Cheno gruñó disgustado.

—Claro, lo entiendo, y gracias a eso, tú te has embolsado miles de dólares.

—Stillman se sonrojó.

—Cheno, el trato lo aprobamos todos, menos tú, Sabas intervino para alivio de Stillman.

—Ese es un asunto que sólo compete a la familia Cortina —San Román interrumpió la discusión—. Quizá deseen retomarlo luego entre ustedes. Por ahora, sugiero enfocarnos en los objetivos de esta reunión —pausó por un momento para luego dirigir su mirada hacia Cheno—. La mayoría de nosotros deseamos entender las razones que has tenido para escoger este camino. No dudo que tienes motivos de peso, pero coincido con Sabas, no tienes posibilidad de ganar.

—Cheno —le dijo Iturria—. A pesar de todos tus esfuerzos por evitarlo, la noticia de lo que sucede aquí está en todo el país. Es cierto que exageran, pero la creencia tanto en Austin, la capital del estado, como en Washington, es la que publican los periódicos: que has preparado un ejército para devolver Texas a México —hizo una pausa mirando a todos los presentes—. Todos aquí sabemos que eso no es cierto, sabemos que luchas por proteger los derechos de todos. Pero, oficialmente te has convertido en un peligroso bandolero, las consecuencias de esto no serán favorables, ni para ti, ni para los que dices defender.

—Los *rangers* ya se están encargando de mostrar lo que sucede a quienes se atrevan a apoyarte. Esos no tienen compasión, sus métodos son crueles, incluso los métodos usados por Shears son poco comparados con lo que ellos hacen, San Román secundó a Iturria.

Cheno se puso de pie y caminó hacia la ventana. Afuera, entre centenares de mariposas acampaban los hombres que le seguían. La mayoría vestía ropas sencillas, humildes. Eran diferentes entre sí, había inmigrantes italianos, alemanes, irlandeses, indios comanches; inclusive algunos apaches. La mayoría católicos, pero también había algunos mormones. Hombres que en otras circunstancias quizá pelearían entre sí. Muchos habían viajado largas distancias sólo para unirse a la lucha.

—¿Y qué hay con ellos? —preguntó señalando a la gente—. Ellos tienen un motivo para pelear, creen que la causa es justa —volteó dando la cara a los asistentes—. ¿A ellos los ignoramos o qué? Lo único que pedimos es un trato justo, la aplicación justa de la ley. ¿Acaso es eso mucho pedir? Hemos solicitado la intervención del gobernador Houston. Seguiremos peleando en espera de una respuesta. No fuimos nosotros quienes iniciamos esta guerra. Pero no tengo duda que el sacrificio vale la pena, alzó el tono de su voz en algunos pasajes para poner énfasis en su mensaje.

—¿Has pensado en Rafaela? —preguntó Estefana—. Sabes que espera retoño. Tu hijo.

Cheno palideció sintiendo un repentino peso sobre su pecho. Miró a Rafaela, quien le devolvió la mirada con ternura. Caminó hacia ella, se arrodilló y puso su cabeza en su regazo. Ella le acarició con amor casi maternal.

—Dios mío —Cheno dijo—. Los amo tanto a ti y a este retoño. Esta lucha no es sólo por ustedes, sino también por los hijos de nuestros amigos y vecinos. Espero que lo entiendas. No quiero ser causa de dolor para ninguno de ustedes dos.

Ella levantó su barbilla para mirarlo a los ojos. Destellantes lágrimas le inundaban los propios. En su mirada, Cheno leyó amor, pasión, ternura y comprensión. Ella le sonrió dulce, tierna, pero triste.

—Tú eres Cheno Cortina, el hombre que amo —dijo ella casi en susurro—. Desde niños has defendido a los débiles, a los desprotegidos. Nunca volteaste a otro lado cuando veías una injusticia. Es por eso por lo que aprendí a amarte, es por eso por lo que siempre te amaré —alzó la voz para que todos oyeran—. Ahora, no puedes taparte los ojos y pretender que nada sucede, si lo haces sería mezquino de tu parte.

—¿Por qué siempre te entrometes en los asuntos de los demás? —Sabas recriminó a Cheno, molesto—. Deja que cada uno se defienda como pueda, deja que se las arreglen solos.

—Debes preocuparte por ti, Cheno —Iturria intervino secundando a Sabas—. Con las tierras que tiene tu familia, tanto el presente como el futuro lo tienen asegurado. Eso sí, como bien te ha dicho Sabas, ocúpate de lo que es tuyo y deja que los demás se cuiden solos.

—Los negocios son negocios. Cada uno debe aprender a cuidarse a sí mismo —Stillman apoyó lo dicho—. Es cierto que en ocasiones ocurren injusticias en el proceso. Eso es algo que debemos aceptar. Todos debemos tratar de ser honestos y justos, pero siempre habrá algunos que ganen y otros que pierdan. Esa es la ley de la vida —pausó por un momento—. Para eso hay leyes, para que se respeten. No hay necesidad de esta absurda lucha.

—Ahora somos ciudadanos de los Estados Unidos —Sabas retomó la palabra—, debemos vivir como lo dicten sus leyes.

—Escucha a tu corazón, hijo —fue el consejo de Estefana.

—Sí, mi amor, escucha a tu corazón —dijo Rafaela—. Sabes que yo te apoyaré y te amaré cualquiera que sea tu decisión.

Cheno la miró con ternura pero se le endureció el rostro al volver su mirada hacia los demás.

—Sí, ahora somos ciudadanos de los Estados Unidos —dijo Cheno—. Dios sabe que hemos intentado respetar y actuar conforme a sus leyes. También es cierto que podremos irla sobrellevando si volteamos la mirada cuando a nuestro amigo, nuestro vecino, lo despojan de sus propiedades, o cuando alguien es castigado, sin juicio, por un crimen que no cometió. Si actuamos así, estaremos bien, en paz. Tal vez ustedes puedan hacerlo, pero yo no. No puedo fingir que nuestros vecinos no han sido despojados, legalmente robados. Hay leyes, de acuerdo, todo lo que pedimos es que se apliquen con igual justicia para todos; que nos traten como lo que somos: ciudadanos americanos. Es por eso por lo que hemos pedido la intervención del gobernador —pausó por un instante y respiró profundo—. Seguiremos con nuestra lucha hasta que tengamos noticias del gobernador. Espero que sean buenas.

Rafaela se encaminó hacia él y lo besó, primero en los labios, después en la mejilla. Lo tomó de las manos:

—Cheno, lo único que lamento es no ser hombre para seguirte.

—Aunque no estoy de acuerdo con tu decisión, siempre estaré orgullosa de ti, dijo Estefana caminando hacia él y poniendo su mano sobre su hombro.

—Sabas, ¿te haces cargo de ellas? —preguntó Cheno, tomando la mano de su madre y mirando a Rafaela—. Chema ya me ha dicho que se nos une.

—Has escogido un camino turbulento y lamento eso. Pero desde luego que la respuesta a tu pregunta es que sí, de eso despreocúpate, contestó Sabas.

—Aunque tampoco estoy de acuerdo con tu decisión —Stillman intervino—. Pancho y José seguramente me apoyarán en estar al tanto y hacer todo lo que podamos para que tu madre y tu esposa, estén seguras y resguardadas.

Iturria y San Román movieron la cabeza asintiendo.

Tres días después, Cheno se reunió con Alejo en el campamento.

—Cheno, como necesitamos alimentar a la gente, tomé algún ganado de tu rancho y envié a algunos hombres al rancho de Brown por más. De hecho, ya lo han traído.

—Bien hecho, asegúrate de que se le pague a Brown lo justo por su ganado —dijo Cheno sonriendo—. A pesar de lo que dicen nuestros enemigos, no somos ladrones.

—Ya me he encargado de eso, aunque Brown insistía en colaborar con nuestra causa. Le hemos pagado. Nuestra lucha es honesta. Es por eso por lo que la mayoría nos apoya.

—¡Cheno!, gritó un hombre a caballo que llegaba al campamento.

—¿Qué pasa?, preguntó Cheno en cuanto el vaquero se acercó.

—Me enviaron a advertirte. Vienen por ti. Los Tigres de Kenedy, los *rangers* y los soldados de Matamoros enviados por el general Carbajal, atacarán esta noche. Tienen dos cañones, le informó el vaquero apenas desmontó.

—¿De verdad? No me sorprende —contestó Cheno sonriendo—. Esperaba que intentaran algo así tarde o temprano. Cuanto antes mejor. Les daremos la bienvenida que se merecen —contento, le dio una palmada al vaquero en la espalda.

Esa tarde, una fuerte tormenta derramó copiosa lluvia por todo el valle. Las resacas se llenaron; el terreno se volvió lodoso, espeso. Por la noche, el aire era húmedo, el brillo de la luna traspasaba las pocas nubes que aun flotaban. Cheno había ordenado dejar las fogatas del campamento encendidas para que fueran fácilmente vistas desde el pueblo. Costales de paja se colocaron alrededor de las fogatas, simulando hombres conversando y comiendo. Cheno ordenó que sus hombres se ocultaran a las orillas de las resacas que bordeaban el lugar. Desde ahí, divisaban claramente tanto el campamento como el pueblo.

Al caer la noche, observaron a sus enemigos salir sigilosamente del pueblo, avanzaban lentamente, con el lodo hasta las rodillas; aquellos a caballo tuvieron que desmontar y jalar de sus caballos. Jalaban un cañón que se atascó y no lo pudieron mover a pesar de intentarlo incluso usando mulas. A Cheno le quedaba claro que, gracias al brillo de la luna y las fogatas en el campamento, los hombres que se acercaban veían claramente lo que ellos pensaban eran los seguidores de Cheno comiendo alrededor de las fogatas, ignorantes del ataque inminente. Finalmente, los hombres de Kenedy decidieron dejar el cañón y continuaron su dificultoso avance entre el lodo.

Cuando los enemigos pensaron que estaban lo suficientemente cerca del campamento, colocaron su segundo cañón e intentaron dispararlo, pero el intento falló. La humedad y la brisa del mar impidieron que pudieran prender la mecha. Cheno pudo escuchar a Kenedy ordenar a sus hombres disparar. Pero, una vez más, la humedad y la brisa impidieron que muchos pusieran mecha a sus mosquetes y otros ni siquiera podían colocar los cartuchos. Sólo unos cuantos dispararon.

—Bien, ahora es nuestro turno. No sean demasiado rudos con ellos, le dijo Cheno a Alejo y a Chema, haciendo un esfuerzo por contener la risa.

—Tomados por sorpresa, los Tigres de Kenedy, los *rangers* y los soldados mexicanos huyeron despavoridos, corriendo en todas direcciones. Resbalando en el lodo, tiraron sus armas, ignoraron los caballos y mulas. La gente de Cheno tomó algunos prisioneros dejando a los demás escapar, burlándose de ellos.

—Cheno, tenemos dos cañones, caballos, mulas, pistolas, mosquetes y algunos prisioneros —le informó Chema una vez de vuelta en el campamento—. ¿Qué hacemos con todo eso?

—Las armas y los cañones nos los quedamos. Manda los caballos y las mulas de regreso —contestó Cheno, sosteniendo una humeante taza de café con leche de cabra—. ¿Algunos de nuestros hombres saben cómo disparar los cañones?, preguntó.

—Sí, los italianos y los alemanes ya los están revisando —contestó Chema—. Me encargaré de regresar los caballos y las mulas al pueblo —iba a darse vuelta, cuando de repente se detuvo—. ¿Y los prisioneros? —preguntó—. Ya hay quienes amenazan con ejecutarlos.

—Yo mismo le daré un tiro a cualquiera que se atreva a hacerlo —dijo Cheno con tono enérgico—. Ordena que los traigan, hablaré con ellos.

—Caballeros —dijo Cheno a los prisioneros en cuanto los tuvo enfrente—. Pueden irse en paz. Queremos que ustedes como todos en el valle sepan que nosotros no atacamos a gente honesta y justa —pausó por un momento, mirando a cada uno de los prisioneros directamente a los ojos—. Aunque ustedes vinieron aquí con planes de matarnos, nosotros no tenemos nada en su contra. Vuelvan a sus casas y recuerden que ahora todos somos ciudadanos. Todos tenemos los mismos derechos, esa es la única razón de nuestra lucha. Que Dios los bendiga.

Una semana después, un jinete arribó a todo galope hasta el campamento. El hombre lucía angustiado.

—Cheno —empezó el agitado vaquero en cuanto recuperó el aliento—. Los *rangers* atacaron al pueblo de Santa Rita como castigo por haber enviado víveres y comida para tus hombres. Dicen que es un mensaje para que entendamos que todo el que te ayude será severamente castigado. Están quemándolo todo. Disparan a lo que se mueva. No tienen compasión de nada ni de nadie. ¡Necesitamos de tu ayuda de inmediato!

—¡Vamos! —gritó Cheno—. ¡A los caballos, a defender a los nuestros!

Para cuando llegaron al pequeño caserío, todos los jacales estaban en llamas. Perros, cerdos, pollos, burros, caballos, toros, vacas y personas estaban tendidos por doquier, cubiertos de sangre. La mayoría estaban muertos, algunos gravemente heridos. Un niño lloraba junto a su madre muerta. Un coyote aullaba a la distancia haciendo eco del llanto. Zopilotes volaban en círculos, listos para el festín.

—No pueden estar lejos. ¡Vamos tras ellos, venguemos a nuestra gente!, gritó Cheno.

Conociendo el camino y siendo excelentes rastreadores, Cheno y sus hombres pronto dieron alcance a los *rangers* que intentaban llegar a Brownsville para refugiarse. Los vaqueros rodearon a sus enemigos. A pesar de que los *rangers* tomaron una formación defensiva, no pudieron contener el brutal ataque. Los enardecidos hombres de Cheno no reprimieron su sed de venganza, esta vez no les bastó con derrotar al enemigo. Los pocos *rangers* que sobrevivieron fueron colgados y, para asegurarse de que no quedaba uno sólo vivo, todos los cuerpos fueron desmembrados a machetazos. Una salvaje orgía de sangre.

—Cheno, ¡debemos parar esta carnicería sin sentido!, le gritó Chema.

—Adelante, inténtalo —contestó Cheno con frialdad—. Además, ellos vinieron a darnos una lección. Dejemos que vean lo bien que hemos aprendido.

—Esto no está bien —intervino Alejo—. No podemos convertirnos en lo mismo que estamos combatiendo.

—¿Cómo hubiéramos podido evitar que estos hombres liberaran su rabia? —preguntó Cheno—. Hasta ahora los habíamos podido controlar, pero lo que vimos en Santa Rita fue demasiado. En el fondo sabía que esto iba a suceder tarde o temprano —sacó su pistola y disparó varias veces al aire.

—¡Ya basta! —gritó—. Basta. Guarden sus machetes. ¡Esos hombres ya están muertos! Guarden su coraje para cuando vengan otros a buscar venganza.

—¡Tú viste lo que le hicieron a la gente de Santa Rita! —le gritó uno de los vaqueros—. La mayoría era gente inocente.

—Sí, todos lo vimos. ¡Pero sólo podemos matar a éstos una vez! —le contestó Cheno también gritando—. Monten. Volvamos a Santa Rita y ayudemos a los que sobrevivieron.

—Cuando menos, ahora estamos en control de todo el valle, le dijo Alejo en camino de regreso.

Correcaminos y pavos corrían delante de ellos. A la distancia, Cheno divisó un puma preparándose para capturar a su presa. Multitud de recuerdos se le vinieron a la mente. Se vio de niño y luego de adolescente, junto a Tomás y otros vaqueros que le mostraban los secretos de la salvaje naturaleza en el valle. Deseaba volver a esos días inocentes, pacíficos. Tuvo que hacer un esfuerzo para volver al presente.

—Aún queda mucho por hacer, dijo poniendo su caballo al galope.

Chema y Alejo le siguieron.

CAPÍTULO
XVI

En casa de Stillman, en la calle Elizabeth, corría una brisa suave y refrescante, propia del inicio de la primavera. Eso, junto con los colores naranja, morado, rojo y amarillo propios de la puesta del sol, así como el cántico de cientos de aves postrándose en las ramas de los árboles y el chispeante brillo de las alas de miles de mariposas en su vuelo de retorno al norte eran más que suficientes para que el atardecer fuese espectacular, digno de sentirse vivo. Pero no era así para Charles Stillman, quien parado en el pórtico esperaba a sus invitados. Apenas era consciente del maravilloso espectáculo que la madre naturaleza le ofrecía.

Estaba disgustado y, poco común en él, ansioso. Los dos países que amaba estaban al borde de lo que podría ser una desastrosa revuelta social y temía que sus negocios, así como todo aquello por lo que tanto había luchado, colapsara como consecuencia. Pero, al mismo tiempo, se abrían nuevas oportunidades de amasar una fortuna inmensa.

Uno por uno fueron llegando los invitados. Francisco Iturria, José San Román, Sabas Cortina, Mifflin Kenedy, el pastor Chamberlain, Stephen Powers, el capitán Tobin de los *rangers*, el *marshall* Shears, el *sheriff* Brown y, en general, todos los ciudadanos prominentes de Brownsville y Matamoros.

—Como habíamos anticipado, hay serios problemas en ambos países —empezó Stillman una vez que todos estuvieron acomodados en el jardín interior de su casa. Coñac y vinos importados llenaban las copas de cristal cortado, algunos aceptaron los puros cubanos que les ofrecieron—. Tropas francesas, inglesas y españolas ocupan Veracruz. Estos países amenazan con invadir México si el gobierno mexicano no atiende de inmediato sus demandas de pago —hizo una pausa para asegurarse de que todos estuvieran atentos, luego, respiró profundo, pero lento—. Además de eso, mis informantes, tanto en México como en Europa, me dicen que los conservadores no sólo apoyan la invasión, sino que ya buscan a un príncipe europeo que acepte ser el emperador del nuevo imperio de México.

—¡Eso es exactamente lo que esa gente necesita! —exclamó con entusiasmo el pastor Chamberlain—. Son una raza de flojos y degenerados. Necesitan de una mano dura que los gobierne —pausó para beber de su coñac—. La democracia no funciona para pueblos primitivos…

—Pero ahora los mexicanos tendrán que usar Tampico y Bagdad como puertos de salida. Eso será bueno para nuestros negocios, interrumpió Iturria a Chamberlain.

—Sería bueno si no fuera por Cheno. Él ahora controla todo el valle. Nada puede hacerse sin su autorización y no acepta sobornos, contrarió San Román a Iturria.

—Es una vergüenza que le hayamos permitido que tomara el control —Kenedy intervino—. Nuestra compañía de transporte fluvial está perdiendo dinero gracias a él. Todo mundo teme perder su mercancía si la mueven. Los pasajeros son cada vez menos. Los blancos le temen a Cortina y los mexicanos a los *rangers*, agregó antes de meterse el puro en boca y morderlo con coraje.

Stillman notó el gesto de disgusto en el rostro de Tobin.

—Eso no es todo —se apresuró Stillman a intervenir antes de que Tobin pudiera replicarle a Kenedy—. En este lado de la frontera es cada vez más claro que habrá secesión. Los del sur no renunciarán a lo que consideran su derecho a tener esclavos; son los que mantienen la economía a flote.

—Pero, ¿tú crees que el gobierno federal en Washington permitirá una separación pacifica?, Sabas preguntó.

—Bah, eso no es problema. Si es necesario iremos a la guerra y la ganaremos, contestó Shears.

—Todo parece indicar que habrá guerra —retomó Stillman la palabra—, el sur tiene mejor ejército, pero, como hemos comentado en otras ocasiones, el norte controlará el mar.

—El precio del algodón subirá, será más preciado que el oro, comentó Iturria.

—Es el as que el sur tiene bajo la manga. Con esa carta ganarán, sentenció San Román.

—Pero si el norte controla el mar, los del sur necesitarán de un puerto alterno para comerciar, apuntó Sabas.

—Y el sitio lógico es el puerto de Bagdad. Justo aquí, dijo sonriente Kenedy.

—King ya ha hecho los contactos necesarios y trazado rutas para que el algodón pase a través de su rancho, ya sea rumbo a Laredo, Roma o Brownsville, explicó Stillman.

—Y una vez ahí, a Bagdad por el río, usando nuestros barcos, se le amplió la sonrisa a Kenedy.

—Ya hemos autorizado que tus barcos usen bandera mexicana —dijo el general Cavazos—. Nos irá bien a todos.

—Todo eso está muy bien. Pero les recuerdo que Cheno es quien controla el valle, dijo Tijerina con un tono irónico.

—Debemos poner un alto a esta guerra de Cheno. Él debe marcharse, Stillman se puso de pie para dar énfasis a sus palabras.

—Pero su causa es justa, se atrevió a decir tímidamente San Román.

—Esto no es un asunto de justicia —intervino Iturria—. Aunque admitamos que su causa es justa, debemos ser realistas, no tiene posibilidad de ganarla.

Kenedy, Shears y Tobin asintieron con la cabeza.

—Para nuestra fortuna —retomó la palabra Stillman—, los periódicos de Corpus Christi, San Antonio, Austin, Houston y Washington han exagerado el problema. Publican que Cheno tiene un ejército tan grande como para invadir Texas y anexarlo nuevamente a México.

—Pero todos sabemos que eso no es cierto, dijo Sabas.

—Así es, pero gracias a esos rumores no será difícil convencer al gobernador de enviar al ejército y reforzar a los *rangers*. ¡Cheno debe de ser vencido!, remató Stillman con un manotazo en aire para enfatizar su comentario.

—Estamos de acuerdo con en eso —secundó Iturria—. Propongo que todos los presentes firmemos una petición al gobernador solicitando el envío de tropas y *rangers*.

—Yo te apoyo, dijo San Román.

Todos los presentes asintieron con la cabeza.

—A pesar de que Cortina cuenta con el apoyo de la mayoría de la gente en Matamoros, mis tropas lo combatirán en el lado mexicano —dijo el general Cavazos—. Es una amenaza para todos.

—¿Y tú qué opinas, Sabas?, preguntó Kenedy.

—Estoy de acuerdo, contestó Sabas casi en un susurro y moviendo el cuerpo como si se sintiera incómodo.

Unas semanas después, la gente de Brownsville observó cómo soldados federales en pulcros uniformes azules entraban marchando en orden por la calle Elizabeth, marcharon al son de tambores hasta llegar al Fuerte Brown. Ciento cincuenta soldados de caballería y cincuenta de artillería componían el grupo.

El alcalde Stephen Powers, acompañado por el general Cavazos y todos los ciudadanos prominentes de Brownsville y Matamoros, saludaban a las recién llegadas tropas.

Esa noche, Stillman ofreció una recepción de bienvenida al mayor Samuel Heintzelam, comandante del destacamento, y sus oficiales.

—Lo que he visto hasta ahora está muy lejos de lo que un tal H.C. Miller aseguró en Austin al gobernador, dijo Heinztelman a Stillman y otros más.

—¿Y qué fue lo que Miller dijo?, preguntó Stillman.

—Bueno, entre otras cosas, ese hombre juró que Cortina no sólo se había apoderado del pueblo en forma violenta, sino que había ordenado fusilar a todo hombre mayor de edad, contestó Heinztelman.

Stillman sintió una punzada en el estómago y notó como Iturria y San Román hacían muecas de disgusto.

—Puede ser que Cortina sea un descarriado, pero no es un asesino, objetó Iturria.

—En realidad, eso ahora importa poco —respondió Heinztelman—. Sus actos han sido lo suficientemente notables como para ordenarnos marchar aquí. Pronto lo atraparemos y nos aseguraremos de que deje de ser una amenaza para la tranquilidad de este pueblo.

—En nuestro camino hacia aquí, observamos que la mayoría de los caseríos de los alrededores han sido quemados y saqueados —intervino el capitán Ricketts, comandante de la artillería—. Pensé que Cortina peleaba para defender los derechos de esa gente.

—De hecho, así es —intercedió San Román—. Lo que vieron es el método preferido por los *rangers* para, según ellos, mantener la paz.

—La ley y el orden deben de mantenerse a cualquier precio, espetó Glavecke.

—Espero que el comportamiento vandálico de los *rangers* termine una vez que llegue su nuevo comandante, dijo Heinztelman.

—¿De quién se trata?, preguntó San Román.

—John 'Rip' Ford, respondió el mayor.

—He oído hablar de él. Uno más de los que les gustaría reiniciar la guerra con México —dijo Stillman—. Eso, en el lado negativo; por el lado positivo, tiene fama de ser justo, firme, disciplinado y, sobre todo, honesto.

—Es médico y abogado —dijo Iturria—, será bienvenido.

—¿Cómo es que saben de él?, preguntó Ricketts.

—Estuvo aquí con las tropas de Taylor, explicó San Román.

Mientras tanto, en el campamento de Cheno, cerca del rancho El Carmen, la mayoría de los hombres atendían a los caballos, otros limpiaban sus armas, algunos más tocaban sus guitarras y cantaban canciones sobre corazones rotos y amores no correspondidos.

—Si viniera un extraño y nos viera ahora, no pensaría que estamos en guerra, dijo Chema riendo y señalando hacia la gente.

—Por desgracia, sí estamos —replicó Cheno—. Tú y Alejo vayan a Brownsville. Averigüen lo que puedan sobre el batallón recién llegado. En particular, me interesa saber lo más posible sobre su comandante. Pero, sean cuidadosos, hablen sólo con los que sabemos son nuestros amigos.

—Nos vestiremos como simples campesinos. De esa manera espero que no llamemos la atención de los soldados o de los *rangers*, dijo Chema.

Esa noche, Chema y Alejo caminaban por el mercado enfundados en pantalones y camisas de manta cruda, calzaban huaraches y cubrían sus cabezas con anchos sombreros de hojas de palma.

—¡Hey, ustedes!, alguien les gritó. Al voltear, se encontraron con Alexander Werbiski.

—Necesito de alguien que me ayude a mover la mercancía de mi tienda —les dijo Werbiski—. ¿Les interesa?

—Sí, claro, patrón, contestó Alejo en tono humilde.

—Perfecto, síganme. Es por acá, les dijo Werbiski encaminándose con rumbo a su tienda.

—¿Es que son estúpidos? —les reconvino Werbiski apenas entraron y hubo cerrado la puerta—. ¿De verdad creen que, habiéndose disfrazados de humildes campesinos, nadie los va a reconocer? —molesto y nervioso, meneaba su cabeza—. Recuerden que nos conocemos desde niños —alternaba su mirada entre ambos, resoplando—. Tuvieron suerte de que yo los viera primero. Ustedes caminaban justo en dirección de Sandoval, si se lo cruzan, en el mejor de los casos, ahora estarían presos.

—Gracias, Alejandro —le dijo Chema con una sonrisa de alivio y extendiendo su brazo izquierdo para posar su mano sobre el hombro de Werbiski—. Venimos porque necesitamos saber cuáles son los planes de los soldados recién llegados.

—Eso me imagine. Afortunadamente, creo poder ayudarles. Les invito un café y les platico lo que sé.

Cuando estaban a punto de caminar rumbo a la cocina en la parte trasera de la tienda, escucharon un tumulto en la calle. La multitud sonaba alborotada, gritaban molestos, en son de protesta.

—Algo ha ocurrido —dijo Werbiski—. Vayamos a ver de qué se trata. Manténganse a mi lado y cúbranse bien con los sombreros, mantengan la cabeza gacha.

Salieron y siguieron a la multitud que se encaminaba hacia la plaza del mercado. Al llegar, el lugar estaba abarrotado. La atención se centraba sobre un mexicano vestido con elegante traje negro de charro, colgado de la rama de un mezquite. Sobre su pecho había un cartel escrito en español. Era evidente que habían usado la sangre del ahorcado para escribir el mensaje. La sangre aun escurría por todo su cuerpo.

"SOPLÓN DE CORTINA", decía el mensaje.

Tanto Chema como Alejo reconocieron de inmediato a Candelario de Luna, ranchero, amigo de la infancia. Un hombre bueno y noble.

"¡Cabrones asesinos!", murmuró Chema con ira y coraje.

"¡Hijos de puta!", también musitó Alejo.

El capitán Tobin, Sandoval, acompañados por un destacamento de *rangers*, rodeaban al cuerpo, armados con rifles, cartucho cortado, dispuestos a disparar a quien pretendiera descolgar el cuerpo de Candelario.

En eso, llegaron soldados uniformados, empujaron a la gente para abrir el paso a los oficiales.

—¿Quién hizo esto?, preguntó, furioso, el oficial de más alto rango, mientras apuntaba hacia el cuerpo colgado.

—Ese es el mayor Heinztelman, comandante de los soldados recién llegados, le susurró Werbiski al oído a Chema.

—Lo hicimos nosotros, contestó en tono desafiante el capitán Tobin.

—Ya conocen a ese, susurró Werbiski a Chema y Alejo.

—¿Quién lo ordenó?, inquirió Heinztelman.

—Yo lo ordené, replicó Tobin en tono desafiante.

Disgustado, Heinztelman fue por su sable, pero se arrepintió y volvió a enfundarlo. Los ojos le brillaban, la quijada apretada.

—Más tarde me encargaré de usted capitán, dijo conteniendo su enojo, sus músculos tensos, parecía estar a punto de abofetear a Tobin. Se volvió hacia los hombres bajo sus órdenes:

—Bajen a ese hombre y entreguen el cuerpo a sus familiares —ordenó a sus soldados—. Ustedes vuelvan a su casa, esto no es un espectáculo —añadió dirigiéndose a la muchedumbre—. Lo espero en el cuartel, le dijo a Tobin antes de retirarse.

Más tarde en el campamento, Chema y Alejo disfrutaban de café con canela y endulzado con piloncillo.

—El comandante de los soldados parece ser una persona honesta, le informó Chema a Cheno.

—De hecho, creo que sería buena idea intentar hablar con él, me parece que entendería nuestras razones para la lucha, hasta puede ser que nos ayude a convencer al gobernador, dijo Alejo.

Cheno sonrió, dubitativo.

—Me gustaría que tuvieras razón, aunque dudo que nos ayude, pero aun así estoy de acuerdo contigo, es una buena idea buscar la manera de hablar con él.

Una parvada de patos acuatizó alborotando a las gaviotas que dormitaban a las orillas del río. Los tres se volvieron a mirar, pensativos, el alboroto causado por las aves.

—Werbiski nos informó que hay más *rangers* en camino, con ellos viene un nuevo comandante —Chema retomó la conversación—. John Ford estuvo aquí con las tropas de Taylor. Quizá lo recuerdes.

—Lo recuerdo, fue de los pocos voluntarios que tuvo comportamiento decente y trató de ser amable. Ojalá que pueda controlar a los criminales que estarán bajo sus órdenes —replicó Cheno—. Por cierto, debemos visitar a Tomasita. Hay que asegurarle que tanto ella como sus hijos, no quedarán desamparados. Candelario era uno de los nuestros.

—Entre nuestra gente hay muchos hablando y deseando venganza, dijo Alejo.

—Eso sólo derramará más sangre inocente —replicó Cheno—. Eso es lo que nuestros enemigos quieren. Pero no jugaremos su juego. Nuestra causa es justa y así la mantendremos —miró hacia los patos recién llegados y a las gaviotas revoloteando juguetonas. Una corriente de optimismo le invadió, se volvió hacia Alejo—. Definitivamente, tienes razón, debemos buscar una reunión con el comandante del ejército.

—A pesar de que Stillman, Iturria y San Román están entre los que firmaron la petición por tropas al gobernador, estoy seguro de que a ellos también les interesa una solución pacífica —apuntó Chema—. Ellos nos pueden ayudar a organizar la reunión.

Dos noches después, en la recién construida casa de Iturria, Cheno, acompañando por Chema y Alejo, se reunía con el mayor Heinztelman y el capitán Ricketts. Además, Iturria invitó a Stillman y San Román. Para asegurar privacidad, todas las ventanas estaban cubiertas, pero gracias a las nuevas lámparas de aceite, la iluminación era excelente.

—No es difícil entender las razones de su lucha —expresó Heinztelman después de que Cheno le explicara el porqué de sus acciones y el objetivo buscado—. Incluso, en otras circunstancias, el gobernador estoy seguro de que las entendería. Pero dadas las cuestiones políticas actuales, dudo que ahora pueda apoyarlos. Ustedes están en seria desventaja en ese aspecto —hizo una pausa, miró a Cheno, luego a Chema y Alejo—. Les aconsejo que se rindan... —hizo una pausa de nuevo, mesándose los cabellos, como buscando las palabras adecuadas—. Les garantizo un juicio justo, comprendo que ustedes no iniciaron esta lucha, pero eso es todo lo que puedo ofrecerles.

—Nos pide que nos rindamos, así nomás, ¿sin ofrecer nada a cambio? —cuestionó Alejo en voz alta, entre sorprendido y disgustado—. ¿Qué nos dice de la sangre inocente que ha sido derramada sin falta de su parte? ¿Qué hay de aquellos que han sido despojados de sus tierras? —con notoria ansiedad, paseaba sus fieros ojos negros entre los presentes.

Cheno captó el sentir de Alejo.

—No abandonaremos esta causa, sería como abandonar a nuestra gente, a sus familias. Han sufrido bastante. De hecho, desde la llegada de los *rangers* las cosas han empeorado, hay más violencia y crueldad en contra de los nuestros. La mayoría de nosotros entendemos que, con la derrota de México, las circunstancias cambiaron para nosotros. Lo aceptamos y tratamos de ser americanos, como ustedes. Pero la mayoría no lo ve así. Hay muchos que piensan que no somos iguales, que no merecemos los mismos derechos —miró fijamente tanto a Heinztelman como a Ricketts.

—Sus acciones son la razón de la llegada de los *rangers*, y lo que continúan haciendo es lo que los mantiene aquí —dijo Ricketts—. Fueron ustedes quienes provocaron esta calamidad sobre su gente. Por eso deben de rendirse.

—Si nos rendimos —intervino Chema—, ¿cesará el despojo de tierras? ¿Los campesinos mexicanos no irán a la cárcel o serán asesinados sin otro motivo que parecer diferentes?

—Somos soldados, no políticos. Obedecemos órdenes. Nuestro trabajo es traer paz y orden. No hemos venido a juzgar las razones de su lucha. Si se rinden ahora, evitarán derramamiento de sangre; evitarán la muerte, evitarán el dolor y el sufrimiento de los suyos, eso es lo único que les podemos ofrecer, dijo Heinztelman.

—Al igual que otros soldados del ejército americano que he conocido, usted mayor es un hombre honesto y justo —expresó Cheno—. Entendemos que sólo cumple con su trabajo. No hay odio ni enemistad en lo que hace. Al igual que usted, nosotros tenemos una obligación, adquirimos una responsabilidad con quienes han confiado en nosotros. Nuestra lucha continúa. Gracias por aceptar esta reunión y escucharnos.

—Ahora se enfrentarán a soldados profesionales, no improvisados, espero que entiendan eso —Ricketts intervino—. Aun con sus dos cañoncitos, serán aplastados. La mayoría, o, mejor dicho, todos los caídos, serán de su bando. Piénsenlo bien, eviten una tragedia y ríndanse. Ese es el único camino razonable, agregó. El tono de su voz era amigable.

—Cheno, sé razonable y escucha su consejo —intervino Iturria—. No tienes posibilidad de ganar. Ríndete.

Afuera se escuchaba el canto de un búho, su sonido entre triste y amenazante.

—Piensa en las consecuencias —le dijo Stillman—. ¿Realmente estás dispuesto a abandonar a tu esposa embarazada? Por dios, Cheno, te lo ruego, sé razonable y ríndete. Nosotros veremos que el gobernador te otorgue su perdón.

—Entiendo que nada de esto tiene razón de ser —replicó Cheno en tono amable, pero firme—. Lo único que sería razonable es que nuestra gente recibiera la protección de la ley como se la merecen —pausó mirando alternativamente a Stillman, Iturria y San Román—. Sí, he pensado y valorado las consecuencias de mis actos. Rendirnos ahora es deshonroso. Si lo hacemos, viviremos el resto de nuestras vidas sin poder mirar a los ojos a nuestros hijos —aunque acongojado, Cheno sonreía. Se encogió de hombros y extendió su brazo derecho apuntando hacia el rio—. Además, si ahora me rindo, eso no impedirá que esos hombres sigan peleando, empezaron aun antes que nosotros —volteó para mirar a los oficiales—. Nos veremos de nuevo, todos sabemos que no será un encuentro amigable —se puso de pie y extendió su mano hacia Heinztelman y Ricketts.

CAPÍTULO
XVII

Rancho El Ebonal, a unos pocos kilómetros al norte de Brownsville. Propiedad de Francis M. Campbell, amigo y aliado de Cheno. Los gallos cantaban alegres dando la bienvenida al nuevo día. Chema, Alejo y otros vaqueros corrían detrás de las gallinas y los cabritos, mientras que Campbell, ayudado por dos de sus vaqueros, cortaba el cabrito que habían dejado rostizando sobre madera de mezquite toda la noche. Otros preparaban salsa picante y café.

Cheno, sentado, observaba. Disfrutaba admirando la habilidad con que los vaqueros ataban de las piernas a los cabritos y las gallinas antes de colocarlos en el vagón que los llevaría al campamento. Este era el estilo de vida que él amaba. La neblina de la mañana y la fresca brisa marina le hacían sentir lleno de energía; por lo que a él concernía esto podría durar para siempre. Se sentía tan emocionado por el momento que estaba a punto de unirse a los gallos con un grito salvaje de alegría; cuando de repente, la tristeza le invadió. Recordó que se preparaban para el enfrentamiento con el ejército. En lugar de gritar, se puso de pie y capturó una de las gallinas que corrían cerca de donde él estaba.

Cuando terminaron, se reunieron para disfrutar de un bien merecido desayuno.

—Cheno, lamento la forma en que los tratan y a lo que tendrán que enfrentar —Campbell le dijo al pasarle una pierna del cabrito—. Yo, como la mayoría de la gente del valle, admiro tu coraje y determinación. Casi todos, bajo las circunstancias, habríamos capitulado, aunque sepamos que la razón está de nuestro lado —llenó una taza de café y se la pasó a Chema, quien ya disfrutaba del taco que recién se había preparado—. La mayoría somos pusilánimes. Nos vamos por lo fácil, sólo nos ocupamos de "nuestros asuntos" y así pretendemos vivir en paz.

—Tú no tienes de qué preocuparte. Nadie trata de quitarte lo que es tuyo, le dijo Cheno.

—A nosotros nos llaman bandoleros, abigeos, alborotadores, dijo Alejo jugueteando con una tortilla caliente, recién tomada del comal.

—Ten cuidado con esa tortilla, te pudiera morder —le dijo Cheno riendo al verlo pasar la tortilla caliente de una mano a la otra. Su rostro se volvió serio al volverse a Campbell—. Alejo tiene razón. Se aprovechan de nuestra ignorancia en la ley para robarnos la tierra, y cuando tratamos de recuperarla, nos llaman bandoleros —sus mejillas enrojecieron al hablar—. Ellos nos roban y marcan a nuestro ganado, pero a nosotros nos llaman abigeos cuando lo recuperamos —sintió la boca seca y tomó un trago del café apenas endulzado con canela y piloncillo, se enjuagó y escupió parte del café—. Nos patean fuera de nuestras casas, y es a nosotros a quienes nos llaman invasores —con desaliento extendió sus brazos. Trató de sonreír.

—¡Vienen soldados! ¡Vienen soldados!, gritaba un vaquero galopando hacia ellos.

—Alguien les informó que están aquí —el vaquero le reportó a Cheno en cuanto llegó—. Se estaban preparando para salir cuando yo ya venía en camino.

—Es mejor que nos vayamos. Chema y Alejo, asegúrense de que el vagón y los hombres se marchen de inmediato —dio Cheno instrucciones para luego volverse a Campbell—. Gracias por todo. Siento que te veas envuelto. Te mandamos el pago por las gallinas y los cabritos en cuanto lleguemos a nuestro campamento, le dijo extendiendo su mano derecha.

Campbell sonrió al tomar la mano de Cheno.

—No te preocupes por eso. Te llaman 'bandolero', ¿recuerdas? Les diré que me has robado y el ejército me reembolsará.

Cheno, a su vez, sonrió, extendió su brazo izquierdo para oprimir el hombro de Campbell.

—Eres un buen hombre y amigo —le dijo—. Haz como quieras. Nosotros siempre recordaremos tu gentileza —Chema y Alejo se aproximaron con el caballo de Cheno ya ensillado. Cheno montó, saludaron y galoparon en dirección de su campamento.

Una vez que estuvieron a una distancia segura y razonable, se detuvieron. Cheno desmontó, tomó su rifle y trepó a un fresno. Desde allí, él pudo observar cuando los soldados arribaron al rancho El Ebonal. Observó cómo los soldados, en sus uniformes azules, se mantuvieron disciplinados, mientras que los rangers, como los salvajes que eran, desmontaron y corretearon a las gallinas y cabras. Cheno apuntó su rifle en dirección al oficial de más alto rango. Sonrió, bajó del árbol, montó de muevo y se retiraron, dejando que los caballos trotaran a su placer.

—Cheno, me alegra que decidiste no disparar, le dijo Chema.

—Si lo hubiese hecho, no sólo habría sido demasiado fácil, pero, sobre todo, habría sido tonto, muy tonto. Si ahora empezamos a usar francotiradores como lo hacen ellos, sólo reforzaría el mito con el que tratan de identificarnos, que no somos más que vulgares bandidos.

—Eso en realidad no tiene importancia. Aceptémoslo, oficialmente eso es lo que somos: 'Vulgares bandidos', intervino Alejo con un dejo de amargura y coraje en su voz.

—Lo que en verdad cuenta es cómo nos sentimos nosotros. Cómo actuamos —Chema dijo—. Mientras mantengamos nuestra lucha honesta como hasta ahora, ellos pueden pensar y decir lo que les parezca.

—¡Esa es la actitud que debemos mantener, mi querido hermano! —le dijo Cheno sonriendo y palmeando a Chema en la espalda—. Pelearemos duro, pero nuestra lucha siempre será una lucha honesta y justa.

Una ruidosa parvada de chachalacas corrió en frente de ellos. Detrás de las ruidosas aves corrió un pavo salvaje perseguido por un ocelote. Con un par de elegantes saltos, el felino capturó a su presa.

Observando la escena, Cheno de repente sintió una profunda tristeza. Detuvo su caballo. "Ustedes sigan adelante hacia el campamento en Río Grande. La mayoría de sus habitantes están de nuestro lado" —les dijo—. "Eso nos permitirá organizar nuestra defensa".

—Y tú, ¿a dónde vas?, le preguntó Alejo.

—Iré al rancho El Carmen. De repente he sentido que necesito ver a Rafaela —sentía la boca seca, un escalofrío recorrió su espina dorsal—. Por alguna razón me ha entrado miedo de que nunca la volveré a ver.

—Ve en paz, hermano —le dijo Chema, extendiendo su brazo y tomando a Cheno del hombro—. Vete tranquilo, nosotros haremos lo que nos has ordenado. Saluda a Rafaela y mamá de nuestra parte. Alejo movió la cabeza afirmativamente, sonriendo a Cheno.

—Gracias —Cheno replicó—. Los veo en Río Grande en un par de días.

Esa noche en el rancho El Carmen, Cheno compartió la cena con Estefana, Rafaela y Sabas. Fuera, el silbido producido por el roce de la brisa sobre las hojas de palma aunado al canto de cientos de grillos y aves creaba un placentero fondo musical. Escuchándolo, a Cheno le hubiese gustado salir y disfrutar de los relajantes sonidos de la naturaleza, sonidos que le eran familiares y queridos. En lugar de eso, Cheno sentía la tensión del ambiente alrededor de la mesa reflejados en el rostro de su hermano, Sabas.

—Cheno —le dijo Sabas—. Debes parar esta estupidez y entregarte a las autoridades de inmediato —Cheno podía sentir la rabia en el tono de voz de Sabas—. No tienes ninguna probabilidad de ganar esta guerra y en el proceso nos has puesto a todos en peligro —furioso, Sabas golpeó la mesa haciendo que la vajilla saltara, el agua de los vasos se derramó. Rafaela y Estefana, asustadas, saltaron al mismo tiempo—. Piensa, idiota, piensa cuidadosamente en lo que estás haciendo, mira con cuidado a tu alrededor, porque estás a punto de perderlo todo. Pero te aseguro que no te seguiremos en tu caída. ¡Nosotros no te apoyamos! ¿Entiendes? ¡No caeremos junto contigo!

—Quizás no te hayas dado cuenta —replicó Cheno sintiendo las mejillas enrojecer—. Pero también peleamos por la protección de lo que es nuestro.

—¿Cómo es eso? —preguntó Sabas—. Aún tenemos nuestros ranchos. Somos respetados y nadie nos molesta.

—¿De verdad lo crees? —Cheno replicó—. ¿Es que no has visto cómo tus vecinos, tus amigos de la infancia, han sido expulsados de sus propiedades? ¿No te has dado cuenta de cómo el ganado de su propiedad ha sido impunemente robado y los herrajes cambiados? ¿Cómo nuestros amigos, nuestros vecinos, han sido encarcelados, juzgados como si fuesen ladrones cuando intentaron recuperar lo que era de ellos? Tomás fue asesinado y tú pareces no haberte dado cuenta. ¿Es que estás ciego?

—Tomás era un miembro de la resistencia. Él atrajo su propia desgracia. Los que han perdido sus tierras eran tontos y débiles. Tú también eres un tonto. ¿Cómo se te ocurre que puedes entrar en guerra con el ejército de los Estados Unidos y ganarla?

—Bien sabes que no estamos en guerra con los Estados Unidos. Yo, como el resto, he aceptado el hecho de que ahora somos americanos. Y esa es exactamente la razón por la cual peleamos. Muchos de los recién llegados nos consideran inferiores, a esos les gustaría deshacerse de todos nosotros, claman que nos han conquistado, que ellos son ahora los dueños de todo —Cheno se detuvo, respiró profundo—. A ellos les gustaría que todos fuésemos como tú, mientras tengas un buen hueso que roer, eres un perro feliz.

—¡No me llames perro!, gritó Sabas golpeando la mesa y poniéndose de pie.

Cheno también se puso de pie. Los músculos tensos, mandíbula apretada, listo para la lucha.

—¡Hijos! —gritó Estefana también poniéndose de pie—. ¡No quiero pleitos en mi casa! ¡Por favor, siéntense! —ambos la obedecieron.

Estefana se volvió hacia Cheno.

—Hijo, tu hermano tiene razón. No puedes ganar esta guerra. Es mucho lo que estás arriesgando: tus propiedades, tu libertad, tu familia. Rafaela está embarazada, espera un hijo tuyo; hijo que quizá nunca tengas oportunidad de ver; oportunidad que tú mismo te estás negando. Tienes razón cuando dices que hay injusticia, que son muchos los oprimidos; que hay quienes usan la ley para abusar de los débiles; sin embargo, tú mismo lo dices, la ley está de su lado. Tú mismo te das cuenta de que no tienes probabilidad de ganar. Entonces, ¿por qué sigues en la pelea?

—Por orgullo y dignidad, madre —murmuró Cheno después de pensarlo por un momento—. ¡Por orgullo y dignidad! —repitió ahora en voz alta—. No podemos quedarnos sentados mirando a otro lado mientras nuestros vecinos, nuestros amigos de toda la vida, pierden todo por lo que han trabajado. Lo pierden todo sólo porque hay quienes pueden pagar a un abogado astuto y deshonesto. Tienes razón, de alguna manera arreglan que la ley quede de su lado; pero en realidad está del nuestro. Es sólo que la han torcido. Debemos restaurar nuestro respeto propio. Esparcen mentiras y exageraciones sobre nosotros. Si me rindo ahora sólo significaría que admito que soy abigeo, bandolero, como han tratado de mostrarme.

—Pero hijo, arriesgas tanto. Lo perderás todo. ¿A cambio de qué?, le dijo Estefana.

—Ya he contestado eso, madre. Por orgullo y dignidad. Eso es todo. Si no continúo no podría mirarte, no podría mirar a mi mujer, a mis hijos, no podría mirarlos directo a los ojos sin sentir vergüenza, contestó Cheno.

—Creo que te entiendo, hijo de mi corazón —dijo Estefana extendiendo su mano para tocar la de Cheno y acariciarla con ternura—. Ruego a Dios que guíe tus pasos —se volvió hacia Rafaela y Sabas—. Haremos todo lo que esté a nuestro alcance para que Rafaela conserve la propiedad. Que Dios te bendiga, hijo mío —tomó la mano de Cheno y la besó.

—Eres un tonto, hermano —Sabas dijo—. Pero respeto tu actitud. Si no podemos convencerte de la inutilidad de tus actos, estoy de acuerdo con mamá. Haremos todo lo posible para que Rafaela y tu retoño conserven la propiedad.

—Gracias, hermano. Eso es más de lo que pido —contestó Cheno, poniéndose de pie y extendiendo sus brazos. Sabas se puso de pie, se unieron en un abrazo fraternal.

Más tarde, Cheno y Rafaela conversaban en la recamara.

—Rafaela, ahora que estamos solos, dime qué opinas. ¿Debiera de rendirme y terminar de una vez con todo esto?

—Cheno, tú mismo has contestado a esas preguntas —le respondió Rafaela—. Si no eres capaz de luchar por lo que crees es justo, serías infeliz, avergonzado de ti mismo. No me gustaría verte amargado, haciendo no sólo tu vida, sino también la de todos alrededor tuyo, miserable —lo miró directamente a los ojos con ternura. Sus negros ojos brillaban por la emoción—. No, no quiero eso para ti ni para mí, te amo demasiado como para permitirlo —añadió abrazándolo con pasión—. Abrázame fuerte, mi amor, fuerte, por favor, quiero sentirte cerca, muy cerca de mí.

Dos días después, en el pueblo de Río Grande, alrededor de cien kilómetros al oeste de Brownsville, Chema, Cheno y Alejo cabalgaron por las calles del poblado.

—Los habitantes de este pueblo nos son favorables, tal y como nos lo dijiste —Chema dijo—. Pero al mismo tiempo es obvio que están asustados —añadió apuntando a las puertas y ventanas cerradas—. Los rangers han hecho un buen trabajo instilando miedo en ellos.

—Hemos extendido nuestras defensas hasta el borde del río. De esa manera, nos aseguramos de que no seremos atacados por ese lado y, al mismo tiempo, nos provee con una ruta de escape, misma que espero que no necesitemos, le informó Alejo a Cheno.

—Me han informado que los rangers y el grueso del ejército dejaron Brownsville hace dos días, lo cual significa que llegarán a Río Grande esta misma noche —les dijo Cheno—. Pondremos los cañones en el cementerio —añadió apuntando hacia la colina donde estaba el cementerio—. Allí concentraremos nuestra defensa. Preparen a la gente. Espero que ataquen al amanecer.

Al amanecer, el agudo sonido de la corneta de mando los alertó a todos. La mañana era calurosa y húmeda. Los mosquitos zumbaban por doquier. Los cantos de los pájaros añadían un sonido placentero similar al de la trompeta. Los brillantes colores de la madrugada iluminaban el río, el pueblo, el campo de batalla. Las palomas presagiaban el inminente peligro y volaron lejos.

Cheno notó que el ejército se preparaba para atacar por el centro. Los rangers lo harían por sus costados. Encogió las cejas al notar cómo preparaban sus cañones móviles para atacarle.

—El grueso de su ataque será por el centro —Cheno les dijo a Chema y Alejo—. Su flanco izquierdo es su punto débil. Si somos capaces de contener su ataque por el centro, nos dará oportunidad de romper su punto débil y rodearlos. Es por ahí que podremos ganarles.

—Los que están a cargo de los cañones parecen saber lo que hacen. Les diré que se concentren en su punto débil, dijo Alejo golpeándose el rostro para aplastar un mosquito en su mejilla.

La artillería del ejército abrió fuego en dirección al cementerio. Sus tiros dieron en el blanco. Casi de inmediato, la infantería atacó. Tal y como Cheno lo esperaba, los rangers atacaron su flanco izquierdo. Los encargados de los cañones en el cementerio no se precipitaron, esperaron. Cuando dispararon, esta vez sus tiros dieron justo en el blanco. Eso, aunado a que los rifleros en las trincheras detuvieron el ataque de los rangers, forzándolos a retirarse en desorden. Mientras tanto, la defensa en el centro contuvo el ataque enemigo.

—¡Ahora es cuando!, gritó Cheno. Soltó las riendas de su caballo dejándolo galopar libremente, cabalgó al frente de cuarenta jinetes; fácilmente alcanzaron a los rangers que se retiraban en orden. Una batalla sangrienta, salvaje, dio inicio. Machetes, cuchillos, espadas relucieron, cuerpos cortados en pedazos. Jinetes y cabalgaduras heridos por balas disparadas a quemarropa. Los rangers huyeron en desbandada.

Cheno, con un ensangrentado machete en mano, se sintió cerca del triunfo. Estaba a punto de ordenar la persecución de los rangers, cuando se dio cuenta de que la caballería del ejército cargaba hacia ellos con el propósito de reforzar a los rangers. Cheno miró hacia el centro de las actividades y se dio cuenta de que había cedido a la fuerza del ataque. Como consecuencia, estaban a punto de ser rodeados; si eso sucedía, su única ruta de escape estaría cerrada. Comprendió que estaban derrotados.

—¡Retirada! —gritó—. Al río. ¡Chema, trae los cañones contigo! —Chema tiró un lazo alrededor de uno de los cañones, otro de los vaqueros hizo lo mismo. Intentaron jalarlos, pero estaban atascados.

—¡Olvídenlos! —les gritó Cheno al notarlo—. ¡Protejamos la retirada!

Para entonces, la mayoría de los hombres de Cheno corrían hacia el río. Cheno, Chema, Alejo y algunos otros intentaron hacerlos volver y retirarse con algún orden y la menor pérdida de hombres posible. No lo lograron. Era una estampida humana.

Cheno, furioso, volteó su caballo hacia el enemigo, dispuesto a pelear hasta el final.

—¡Cheno, vámonos! —Chema le gritó—. Hemos perdido esta batalla, pero aun podremos reorganizarnos una vez que estemos del otro lado del río.

Cheno volteó a ver a Chema, el rostro enrojecido, los músculos tensos, dispuesto a seguir peleando.

—¡Cheno! —Alejo le gritó emparejando su caballo con el de Cheno y tomando la rienda—. No hay razón para morir aquí, mucho menos ser capturados. Vámonos.

Cheno miró a Alejo, miró de nuevo a los soldados enemigos aproximándose.

—Tienes razón, vámonos, dijo volteando su caballo.

Al cruzar el río, Cheno se dio cuenta de cómo algunos de sus amigos tenían dificultad al cruzar. Aunque habían escogido lo que parecía poco profundo, el río era aún turbulento con peligrosos flujos de corriente bajo la aparentemente tranquila superficie. Notó cómo muchos eran arrastrados por esa corriente traicionera, desesperanza inundó su alma, con un brusco movimiento de su brazo sacudió las lágrimas que corrían por su rostro.

Esa noche, a unos cuantos kilómetros al sur de la frontera, Cheno, Chema, Alejo y lo que quedaba de sus seguidores acamparon.

—Al menos sesenta hombres han muerto; algunos ahogados al cruzar el río, le dijo Alejo.

—Habrá que añadir los que fueron capturados y los que han desertado —añadió Chema—. Ha sido una terrible derrota.

—Sí, nos han derrotado por ahora, pero de alguna manera debemos de seguir luchando, dijo Cheno pensativo.

—Los conservadores en Matamoros también están en contra nuestra, observó Alejo.

—En realidad nos hemos convertido en una molestia para los comerciantes en ambos lados de la frontera —dijo Chema—, pero contamos con el apoyo de la mayoría, de la gente común.

Cheno se levantó y lanzó un tronco de mezquite a la hoguera:

—Lo único que pedimos es justicia. La oportunidad de mantener lo que ha sido nuestro por décadas. Respeto al tratado que nos ha garantizado esos derechos. Nos aferraremos a la idea de lograr que nos escuchen. Acamparemos en La Bolsa, una vez allí, planearemos nuestro siguiente movimiento, dijo caminando de un lado a otro, como pensando en voz alta.

—Pareciera que no has entendido, hermanito —le dijo Chema—. Los ricos comerciantes tanto de Matamoros como los de Brownsville se han unido en contra nuestra. Ya no sólo se trata de lo que es justo. Nos hemos convertido en un impedimento para que ellos incrementen su capital, somos un molesto estorbo. Han corrido el rumor por todo Texas y la frontera de que no somos otra cosa que vulgares bandoleros —molesto, lanzó otro leño a la hoguera.

—Pero no somos bandidos. Nosotros no fuimos quienes iniciamos todo esto. Nosotros sólo defendemos nuestros derechos, dijo Alejo.

—Ha llegado el momento de que nos hagamos conscientes de las circunstancias —dijo Chema—. Cierto, nuestra causa es justa y honesta. La gente común lo ve así, pero, una vez más, quienes están en contra nuestra han convencido a las autoridades de lo contrario. La derrota que hoy sufrimos demuestra que Austin no tiene interés en escuchar nuestra voz. Quienes ahora controlan la política en Matamoros apoyan la idea de secesión por los estados sureños; por la misma razón, necesitan del apoyo de las autoridades texanas. El gobierno en México es débil y no puede apoyarnos. No podemos continuar.

—Te preocupas por demasiado, hermano, le dijo Cheno.

—Debemos ser realistas, replicó Chema.

—¿Qué hay de ellos? —preguntó Cheno apuntando al centenar de hombres que acampaban con ellos—. Debiéramos escuchar su opinión.

—¿Qué caso tiene, Cheno? Ya sabemos cuál será el resultado. ¿Qué ganará alguien con ello?

—Probablemente poco a los ojos de algunos, pero mucho a los de ellos. Orgullo y dignidad, eso no es cualquier cosa. No podemos sólo ser observadores.

—Hermano, entiendo lo que dices —le dijo Chema—. Pero no veo la razón de continuar esta lucha. Tal vez debamos de luchar por otra ruta. Seguiré peleando por nuestros derechos, pero por otro camino. Tal vez un camino más largo y lento, pero creo que, en las presentes circunstancias, es el único camino razonable.

Cheno caminó hacia su hermano y lo abrazó.

—¡Qué Dios te bendiga, cuídate mucho! —le dijo. Se volvió hacia el resto de los hombres—. ¡Cualquiera que desee marcharse, es libre de hacerlo!, les gritó.

—Nos quedamos, le dijo el jefe comanche.

La mayoría de los hombres se puso de pie. "¡Pelearemos hasta el final!", gritaron y lanzaron hurras al viento.

Un par de noches después en La Bolsa —así llamada porque el río al curvarse formaba una pequeña península—, Cheno lo escogió porque era la única manera de llegar por el lado mexicano.

Grullas, cigüeñas y garzas pescaban plácidamente en el rio. Gaviotas volaban a baja altura mientras que patos y pavorreales caminaban en las orillas del rio. Años atrás, Tomás había llevado a Cheno y a sus hermanos a este lugar para pescar. Agradables memorias volvieron a Cheno mientras preparaban el campamento.

Lorenzo Garza, quien había llegado desde Matamoros junto con Félix Cortez, se aproximó para informarle:

—Cheno, hay rumores de que uno de los barcos de río propiedad de Kenedy, El Ranchero, llevará una carga valuada en un cuarto de millón de pesos en oro. Desde aquí te sería fácil atacarlo y capturar esa carga. Ese dinero ayudaría financiar la lucha.

—Puede que tengas razón, pero no somos bandoleros ni ladrones comunes —respondió Cheno—. Hasta ahora hemos conseguido que respeten la propiedad ajena. No comenzaremos a robar ahora.

—Eres ingenuo, Lorenzo replicó.

—No, no soy ingenuo. Sólo soy honesto —Cheno replicó de inmediato, poniéndose de pie y pateando una piedra que accidentalmente lastimó a una rana.

—De una manera u otra debes de tener cuidado —Lorenzo le dijo—. Desafortunadamente, las cosas se han complicado para todos, pero, en especial, para los campesinos en ambos lados de la frontera. Los rangers se han dedicado a sembrar terror en la población —se quitó el ancho sombrero y sacudió el sudor de su frente—. Los rangers lo justifican acusándote de todo lo malo que ellos hacen.

—Tal vez lo único que hemos hecho hasta ahora ha sido corretear el viento —dijo Cheno—. Quizá haya llegado el momento de rendirnos.

—No, Cheno, lo que has hecho hasta ahora no sólo ha sido valiente, sino que también requiere coraje, el coraje que la mayoría de nosotros no tiene. Nos has devuelto el orgullo —Lorenzo le dijo—. Corridos que celebran tus acciones son cantados no sólo por todo el valle, los he escuchado incluso en Monterrey y Saltillo —se detuvo pensativo por un momento—. En realidad, somos la mayoría de nosotros quienes somos cobardes. Vemos tan claro como tú el problema, pero preferimos escondernos pretendiendo que "nos ocupamos de nuestros propios asuntos". Es triste, pero esa es la realidad —pausó mirando a Cheno con orgullo—. En cuanto al asunto de El Ranchero, debes de tener cuidado. Los cabrones rangers podrían atacarlo y echarte a ti la culpa; al mismo tiempo, usarlo como una excusa para cruzar la frontera y atacarte.

—Creo que estamos seguros aquí —intervino Alejo—. La única vía de acceso es por tierra, en el lado mexicano. Aquí no sólo el río es profundo, pero la corriente es aún más traicionera. Sólo pueden atacarnos por este lado.

—Cheno —intervino Félix Cortez, quien había permanecido en silencio hasta entonces—. Yo, como los demás, admiró tu coraje y valentía, pero como Lorenzo dijo, yo también me preocupo "por mis asuntos" y, en este caso, mi asunto es Rafaela —suspiró, pausó por un momento; parecía buscar las palabras que expresaran su sentir—. Eres un buen hombre, sé bien que amas a mi hija y que ella te adora —finalmente continuó—. Pero también sé que eres un soñador empedernido; en realidad, si no es esta lucha, tu encontrarías otra por la cual luchar. Nunca dejarás de hacerlo, así es como eres, nunca cambiarás —miró a su alrededor, aun buscando las palabras correctas—. No es eso lo que quiero para mi hija, si regresas a su lado, la pondrás en peligro. No debes volver.

Cheno sintió como una puñalada en su pecho. Miró a su suegro. De algún modo encontró la manera de sonreírle. "Nunca la pondré en peligro", le dijo.

La noche llegó, oscura, de una negrura poco habitual. La luna y las estrellas se escondían tras de nubes violetas. Los grillos y las ranas cantaban su usual serenata nocturna, cuando, repentinamente, callaron. Para entonces, Cheno dormía profundamente, soñaba que pescaba junto a Rafaela y una niña, su hija. Tomás rostizaba la trucha recién sacada del río. En ese instante, uno de los comanches que vigilaban lo despertó.

—Vienen jinetes a galope, el comanche le informó.

—Despierta a todos, que se preparen —Cheno le ordenó, poniéndose de pie y yendo por sus armas—. Ensillen los caballos, tal vez tengamos que salir de aquí a toda prisa.

De repente, silbaron las balas. Aullidos salvajes, violentos, se escuchaban por doquier. El ataque provenía por la parte sur de la península, el lado mexicano.

Cheno y Alejo trataron de organizar la defensa, pero la balacera no les daba reposo. La oscuridad no les permitía ver la procedencia exacta y al llegar de la única vía de acceso, le impedía ofrecer resistencia. No había manera de retroceder; la única ruta de escape era a través de las líneas enemigas.

Cheno congregó a Alejo, los comanches, los vaqueros y el resto de sus hombres en un solo grupo. Unidos cabalgaron hacia el enemigo invisible. La balacera que los recibió fue brutal. Cabalgando en la profunda oscuridad, Cheno sólo sentía como jinetes a su alrededor caían. Continuó galopando y disparando hasta que sintió que había cruzado la línea enemiga. En ese momento, las nubes se apartaron para permitir que la luna mostrara su esplendor.

Al llegar a un sitio elevado, Cheno detuvo a su caballo y se volvió a mirar hacia el río. El barco El Ranchero cruzaba en ese momento. Una bala dio en su cantimplora que colgaba de la montura. Divisó a la distancia las tierras que había recorrido en su infancia y juventud, tierras que amaba profundamente. Una segunda bala le arrebató el sombrero, llevando consigo un poco de su cabello rojo. Allá, en la distancia, Cheno imaginó a Rafaela llevando al producto de su amor en su vientre; sonrió al pensar que ella estaba protegida.

Una tercera bala cortó la rienda. Cheno controló a su caballo. ¿Volvería a verla? ¿Compartirían momentos felices otra vez? Una cuarta bala pasó a través de la oreja de su caballo. El caballo relinchó y saltó de dolor. Con la fuerza de sus piernas, Cheno controló a su caballo. El bebé en camino, ¿sería varón?; ¿sería mujer? Una quinta bala dio en la hebilla de su cinturón. "Espero que sea mujer", pensó, "tan hermosa como su madre". Comprendió que la lucha estaba perdida. No tenía sentido continuar; si lo hacía, tendría que convertirse en bandolero, como ya le llamaban. No les daría el gusto de darles la razón.

Sintió el dolor de la derrota, todo por lo que había luchado estaba perdido. Había perdido no sólo la lucha militar, había perdido sus tierras, su dinero, su familia. La gente a quien había tratado de defender, ahora recibía peor trato que cuando la lucha se inició. Era una derrota total. "Por orgullo y dignidad", pensó. Por lo menos tengo eso y, por ahora, eso es suficiente. De nuevo, las nubes de un color violeta oscuro cubrieron la luna y lloraron. Gruesas gotas cubrieron el rostro de Cheno. Sintiéndose refrescado por la lluvia, Cheno levantó su cabeza, dejando que las gotas de lluvia lavaran las lágrimas de su rostro. Relámpagos iluminaron el cielo. Cheno dejó que su caballo relinchara, levantando su brazo derecho, saludó y, volviendo su caballo, galopó rumbo a las montañas. Alejo, los comanches y aquellos que aún le eran leales, lo siguieron...